褐土之吟

Hetu Zhi Yin

时代出版传媒股份有限公司
安徽文艺出版社

周贺鲁，安徽省濉溪县韩村镇人。1954 年 8 月出生；1977 年考入安徽大学宿县地区师范专科班；1980 年 2 月毕业后在濉溪县教育系统和濉溪县职工教育办公室任教；1989 年 11 月调入濉溪县监察局工作；1993 年濉溪县监察局与纪委合并，先后担任党风廉政室主任、纪委常委兼党风廉政室主任。现已退休。

励 志 文 学

褐土之吟

Hetu Zhi Yin

周贺鲁◎著

时代出版传媒股份有限公司
安 徽 文 艺 出 版 社

图书在版编目（CIP）数据

褐土之吟/周贺鲁著.—合肥：安徽文艺出版社,2023.4
ISBN 978-7-5396-7534-3

Ⅰ.①褐… Ⅱ.①周… Ⅲ.①长篇小说—中国—当代
Ⅳ.①I247.5

中国版本图书馆CIP数据核字(2022)第161608号

出 版 人：姚 巍
责任编辑：姚 衎　　装帧设计：褚 琦

出版发行：安徽文艺出版社　www.awpub.com
地　　址：合肥市翡翠路1118号　邮政编码：230071
营 销 部：(0551)63533889
印　　制：安徽新华印刷股份有限公司　(0551)65859551

开本：880×1230　1/32　印张：8.5　字数：200千字
版次：2023年4月第1版
印次：2023年4月第1次印刷
定价：49.80元

自　序

横竖人生三万天，酸甜苦辣淡涩咸。

欲破红尘修心事，成败得失怡坦然。

我已经六十六岁了。算上闰年闰月，两万四千余天，已不为短。许多人没有我幸运，少年夭折、英年早逝、中年横死、初老弃世，活不到这个年龄。比起他们，我已算是多福多寿了。

按照国际通行称法，六十五岁是壮年到老年的分界点。所谓初老期，指四十五岁至六十四岁，老年期指六十五岁以上。说句心里话，还没有觉着就已步入老年群体，好像在这方面心理准备不足。

然而，不管你有准备没准备，头发、眉毛已变得花白，在篮球场上和爬山登高方面体力弱化，对酒场和一些娱乐场合的兴致退减，这些力不从心之举，足以证明自己有了老年特征。“已花甲，望古稀”，不服不行。时间是公平的，也是残酷无情的。看看周围的老伙计们，容貌变化及衰老速度令人唏嘘。不停旋转的生命年轮，似水流年的岁月，把我和我的玩伴、同学、老伙计们统统带进了向暮之年。

回忆过去难以忘却的生命轨迹，有说不尽的人生感慨。

我这一生，段段历程及其每一历程里的悲欢离合、各个故事，犹如一首首诗歌，跌宕起伏，抑扬顿挫，慷慨激昂。我以诗话形式把这点点滴滴记述下来，作为微薄的精神财富推介给读者。

诗是流泪的眼睛[①]，更是灵魂的回响。

——题记

① “流泪”象征着诗歌里的情感，“眼睛”象征着诗人对世界的观察。

目　　录

第一章　故乡情思

绿水青山情自流，相山叠翠映高楼。
登高犹知儿时梦，幕幕皆源雁翅沟①。

我出身于农家，贫苦的农村生活和繁忙的农业劳作从少年时期就伴随着我。参加力所能及的劳作，特别是高中毕业回乡务农的三年锻炼，使我深谙了那时褐土地上依靠人力畜力的生产劳动。“为什么我的眼中常含泪水？因为我对这片土地爱得深沉……”艾青的诗句道出了我的心声。我至今对故乡那片褐土地和那片土地上的父老乡亲以及那里的一草一木、一坑一洼常怀深沉的眷恋，对那时依靠人力畜力的生产劳作记忆犹新、难以忘却。

一、故乡溯

思忆故乡是一个远离家乡人的永远情愫，特别是退休颐养之后，眼前时常显现那里的亲邻故伴、坑圩溪塘、花

① 雁翅沟：我家乡的一条溪流，西北至东南流向，是我家乡的母亲水。

草林木、牛马骡驴、猫狗猪羊、田园虫鸣、日出日落、寒暑往来……

我的故乡周大庄，距濉溪县县城100余里，坐落于韩村、五沟两个集镇之间。1980年归属五沟公社管辖，设区划乡时，划归五沟区小湖乡。2001年撤区建镇时，即入韩村镇。

乡思

读罢南窗放眼望，心头一念归家乡。
坑涯柳桐槐茂密，圩里杂院草坯房。
纵横菜畦正滴翠，丝瓜葫芦爬一墙。
葡萄串串果园挂，荷藕池池送清香。
队队马牛拴棚下，家家猪羊卧树旁。
祖传耕地两千亩，畜力人力犁耙耩。
出工出勤无逼迫，自觉自愿献力量。
一家有难众伸手，助人为乐成时尚。
僻壤穷乡民风淳，乡旮旯人品高尚。
经年面土背朝天，自给自足累日忙。
母亲溪流雁翅水，潺潺日夜东南淌。
虫鸣蛙唱蝶飞舞，风弄庄稼嘘嘘响。
从小就在那刨食，每土我脚都曾丈。
走出家乡四十年，虽有时归多匆忙。
那儿长存我记忆，一草一木总回想。

传说村里人祖上是从外地迁移过来的，落脚在这穷乡僻壤之处是为了逃避荒乱。由于闭塞，我小时候连汽车都很少见过。八九岁时村上来了辆勘探钻井的汽车，一群群孩子惊奇着、呼喊着、追着撵着看。村里很多人一辈子没坐过汽车，没见过火车。

全村都是周姓人家，祖祖辈辈大都是文盲，读过书的寥寥无几。从中华人民共和国成立后到“文化大革命”前，也只有少数人家的孩子上了学，能读完小学的也是微乎其微。全村世世代代没有乡绅名流、达官显宦，没有宗祠族谱、历史遗迹，也没有显耀的地标性建筑。只有“学”字开始的辈分：学全士德，丙鲁维宗，开家继业，忠孝友功。这些从远祖流传了下来。

难忘的家乡

我的家，在淮北乡下，
没有高坡，没有山崖，
一马平川的绿地，
土地生长着庄稼。

我的家，算得上穷乡僻壤，
没有高楼，没有大厦，
茅草土坯房里，
有我的婶子、大叔、大爷、大妈。

我的家，虽然多是水洼，

然冬能溜冰，夏可捉蛙，
水车那吱呀的声音，
伴奏着鹅鸭游戏鱼虾。

我的家，就在那旮旯，
没有大道，乡路夹巴，
悠远似羊肠啊！
老辈人习惯了肩挑、背扛、板车拖拉。

我的家，远离繁华，
星稀月明，白开水那都叫作茶。

习惯不？新媳妇进门叫爹是“大”，喊自己的男人是“他”。哈哈！

老辈人照样把这种生活过得有滋有味，好那个潇洒！

我的家，犁耕耙拉，
几十头牲口千亩地，一年收种两茬。
人不饱餐畜更苦，畜力羸弱曾人拉，
光膀黝黑套上绳，赤步烈炎下，回看新田乐哈哈。

我的家，改革带来大变化，
耕种有机械，腰包鼓起啦！
轿车开进院，家家盖楼厦，
就算进了城，也常来度节假。

我爱我的家，不只由于富了的变化，
还因为，那里堆积着我儿时的童话。
梦幻中，我分明看到母亲那期盼的泪花，
更有那——祖辈的坟茔里深埋着我恒久的牵挂。

我记事时，全庄百户人家，400 多口人，从东到西有几个不规则、前后相连的大坑。坑面很大，水很深。庄上没有像样的道路，只有沿着坑边从庄东到庄西长期人踩车轧形成的一条弯曲的泥土小道。庄中间有一个石砌老井，东、南、西三面两米之外都是大坑，是村里人的唯一水源。全村被一圈圩沟包围着，圩沟两岸树木丛生、浓荫匝地，村里人大都在大坑和圩沟之间散居，房院顺势而建，圩沟外是田亩。庄上人分为前圩、后圩，由中华人民共和国成立初期的互助组、初级社变更为五个生产小队，每个小队不足百人。大坑以南叫作前圩孜，有两个生产队，分别叫作“东队”“西队”（也叫作一队、二队），三四十户低矮茅舍院落以雁翅形在东西约 130 米、南北不足 100 米的区域间布列着，居住在东翅上的村民属东队，居住在西翅上的村民属西队，也有个别人家由于兄弟、妯娌间不和东、西队互调的；大坑以北有三个生产队，从东往西依次叫作三队、四队、五队。这些往事我至今记忆犹新。是周大庄这片褐土养育了我，造就了我，这片土地我会永远牢记。

可爱的家园

村落淮北平原中，周边水合木葱茏。
祖宗宅地百余亩，三分似园七分坑。
寻望南北何是路？唯有东西可贯通。
无风及踪三尺土，风起积尘鸟受惊。
林园路切前后圩，世汲村中老水井。
庄户房舍依势坐，亦信风水亦认命。
古来不出绅宦士，更无宗祠与商工。
年年耕种几分田，代代繁衍世世农。

淮北平原，广袤而平坦。浅褐色的泥土宛如国人的皮肤，堪称独特的标记。就是这标志性的褐土，养育了我和我的祖祖辈辈。

我的父亲、母亲生在农家，勤俭能干，做事干练豁达。父亲只上过很短时间的私塾，母亲不识字，他们却对我们的学习教育非常关心看重，家里再穷，自己吃再多的苦，受再多的累，也决心尽其所能，把我们培养成有知识有文化的人。虽然家里度日艰辛，又缺少劳力，但到我们入学时，父母把几个够龄的孩子全都送进了学校，这在我们全村，乃至全公社，都极为少见。父母对我们非常关爱，每天早晨早早起床做饭，饭一烧好，就催着我们吃，吃完上学；晚饭时，我们兄弟姊妹哪个不在，他们询问后立即去找；我们哪个受了委屈，父母心里都不是滋味，还要温言暖语进行抚慰。父母对我们管束很严，却从来不在人前骂我们一句、打我们一下。他们是用榜样的力量以身作则树威。我们做错了事，只对我们望一眼，那严厉的目光就把我们镇住了。

我的记忆

我的家园，浍水之南，
穷乡僻壤，茅屋杂院。
人众口多，劳动力欠，
工分年代，分红可怜。
生活拮据，度日艰难，
父母呵护，温语暖言。
糠菜杂食，一日三餐，
破衣烂衫，甚觉温暖。
晨迎朝阳，晚踏星灿，
父送母迎，叮嘱二三。
失落受挫，鼓励温言，
偶遇困难，扶渡难关。
取得成功，善言励勉，
我自图强，高峰勇攀。
我乃帆船，家是港湾，
我乃骏马，家是驿站。
雄鹰高翔，俯视山巅，
游子万里，思念家暖。
家是牵挂，娘是惦念，
人之本性，万世不变。

我生于淮北平原褐土，长于褐土。童年，我和褐土造就的人、马、牛、羊、鸡、狗等众生厮守、说话、说梦；少年，我在褐土地上割草、放羊、玩耍；到了青年，我就在褐土地上刨食劳作，向褐土地要粮要棉。这块褐土不但生了我养了我，而且土性永远浇铸在我的灵魂之中。那片褐土给我的记忆，我永生难忘。

昔　忆

茅屋户两间，多围土墙院。
槐榆映水流，桃李散田园。
鸡雀争谷黍，鹅鸭啄水边。
猫狗戏深巷，猪羊树下拴。
力壮拾田园，媳姑走针线。
婆公烧蔬食，童窃鸟窝蛋。
劳苦全村人，世代无绅宦。
人畜同厮守，和谐乃自然。

我记事时，村子中心有一口石砌老井，是全村唯一一处可饮用水源，三四米深，被大坑包围着。不知是先有的坑，还是先有的这口老井，一到傍晚，收了工的村里人挑着水桶，伴着虫鸣鸟唱蝶舞，从四面八方络绎不绝地来到井涯打水，在晚霞的映照下，给村子里平添一道绚丽的农家生活风景。

井

坑围三面青石砌，树井相映共和谐。
甘泉源源供村饮，昼飘浮云夜藏月。
地壳深层给生命，千担万桶打不涸。
雨水来时不逃避，浊后静默自清澈。

那个年月，我们的共和国刚从一穷二白中成立不久，满目疮痍，村贫民苦，家家户户度日艰难。土坯秸草搭建的房屋拥挤矮小，多数人家的房屋没有抵防雨浸水泡的砖石础，少数人家房屋有砖石础也是很矮。户与户在没有墙院的空宅里夹隔了大小不一、形状各异的菜园子。家家户户就墙或者就坑涯沟岸都筑有茅厕，在门口屋旁挖个粪池，用以积攒土杂肥，施上自留地，或缴生产队挣工分。整日以杂蔬充餐，粗缯裹体，还经年不饱暖。遇到天灾，青黄不接，还没有成熟的庄稼就得提早收割，填肚应急，生活极为艰难。想到这里，诌诗一首，记下那个年代我的父老乡亲的生活状况。

故乡的昔日

矮小毛坯屋，有础七五三。
多是院无墙，傍依水圩边。
出门迎池臭，空宅夹菜园。
墙巷就筑厕，猪羊人共眠。
家村先无道，出行走园边。

村吏年年愁，铺路东西穿。
虽然泥土路，老少皆方便。
御寒粗纺布，糊口红芋干。
烧火稼茬秸，灯芯纸或线。
出行靠双脚，运载男女担。
褐土贫瘠地，丰年总不见。
青黄不接济，未熟先动镰。
若遇禾熟晚，叶草就充餐。
年年月月贫，世世代代艰。

我出生后我家有七口人，住在祖上传下来的四合院里，土坯茅草房只打了矮矮的石基、砖基。南屋是我家的主房，中间有一道屋山把四间屋分成两半，两间屋一个门，门已破旧，关闭时两扇不能合拢，到了夜晚只得用木杠顶着。南屋南墙没有窗户，屋后是个巷子，约 1.5 米宽，巷内有巷两旁人家的茅厕；北墙东西两头两间各有一个窗户，只有窗栏，没有窗门。西屋山中间有个窗洞，没有任何挡栏，到了冬天，就用草秸填塞抵挡风寒。三间西屋中南头的一间我家用作厨房，厨房没有房门，平时是用箔秸挡着，以防猫狗进入偷食。北边两间给生产队做了磨坊。

家 穷

院落坐南门朝东，南屋四间无窗棂。
草缮房盖常漏雨，门不合拢难遮风。

口众分[1]少不饱暖，冬来挂锄四壁空。
粗糠野蔬常充膳，终日辛劳受苦穷。

家畜家禽是20世纪中叶对农村家庭花销工分以外的重要补充。我家养过猪。养猪不赚钱，而且从养到卖经历了现在的人难以想象的困难。

养猪难，卖亦难

往日农耕乏科技，收入微薄度日辛。
子女上学家日用，贴补需靠养畜禽。
上年买得一猪羔，只有蔬菜无饲料。
整天饭底蔬糠喂，拴在圈里日日熬。
只见羸瘦毛发黄，腰弓腿细嘴尖长。
一年长有百多斤，走起路来身抖晃。
青黄不接难糊口，家徒四壁卖猪济。
仲夏夜来风卷雨，晓驾猪车碴泞泥。
口渴肠饥日已炎，食品站里人一片。
排到磅前日西下，重量够磅膘不管。
拉回家去难再养，没辙祈求猪检长。
愿卖价格折四成，顿觉无助天苍苍。
痛心疾首得违愿，一家口丁等吃饭。
披星戴月匆匆归，只得去年猪崽钱。

① 分：工分。人民公社时期社员出工劳作的报酬。

我小时候，农业劳作全靠人力、畜力，种植没有科技含量，产量低。不高的产量想有收获还得靠天。风调雨顺之年，收入能够勉强糊口。遇有旱涝虫等灾害，庄稼减产，村里人多半不能自给，又没有钱买，讨借不着，只得逃荒。那个时候，平常人家度日都很困难。我家家境不好，人口多，吃穿用度大，兄弟几个都入了学，劳力少，工分挣得少，分红就少，比平常人家的生活更为困苦艰辛，年年总为吃穿发愁犯难。

长企盼，祈饱暖

长企盼，祈饱暖，生长农稼知农难。
春耕五更犁寒露，夏耘六月背灼煎。
秋收披星常戴月，冬踩冰冻深翻田。
百年传承无科技，靠天最怕遇灾年。
褐土刨食苦度日，饥饱无常一天天。
累死累活不糊口，缺单少棉难御寒。
青黄不接真不接，早晚饭食难相连。
年年祭天祷告地，祈求吃饱并穿暖。

杂　咏

瘠薄土地社贫穷，科技全无传统耕。
穗小苗疏产量低，老天开恩才收成。
遇虫旱涝粮失收，便闹饥荒吃供应。
年年忧度苦寒日，锄锨岁暮傍室空。

不知从何时开始，村里每家都在自己的宅基上整理几分地做菜园，春夏秋里，全村宅前院后一片片鲜红、翠绿，村里人自给有余，还可担到集市上去卖。不知从何时开始，房前屋后的菜园消失了。如今村子里家前屋后虽有不少空闲地，却再也没人置园种菜了，每天要吃的蔬菜，都是驱车七八里甚至十几里路到集市上去买。人富了？人懒了？此情此景，感慨万千，故而有诗：

我家小菜园

家有四分园，耕耘在早晚。
茄萝椒藕葱，菠苞韭芹苋。
一年植三季，茬茬紧相连。
农家常年菜，生态分外鲜。

韭

我家半分韭，食鲜春夏秋。
邻里常相送，客来菜不愁。
年年割不败，菜伴人长寿。

我的家乡——昔日贫穷的周大庄，不足百户人家，稀稀落落散居在近似圆形、面积不是很大的圩沟圈内，是名副其实的贫穷村落。没有像样的村道，出行靠两腿，运载挑担背，照亮洋油灯，人常拉耙犁。经过几十年艰苦奋斗，特别是改革开放以来的大力发展，面貌发生了翻天覆地的变化。先是秸草土坯房换成了砖瓦房，用于运输的挑篓换成了自行车、小四轮；如今砖瓦房变成了高楼大厦，一辆辆轿车开进各家。走进老家，看到家乡的巨大变化，不禁感慨，吟诗一首：

如今周大庄

圩沟今进村中间，沟被填平痕可见。
楼跨圩沟拔地起，村子向外猛扩展。
建好楼院关门户，青壮外出多挣钱。
家里只留老带幼，耕着祖上数亩田。

周大庄有两千余亩土地，是从远祖流传下来的。这片近似方形的土地上，没有山丘岩岗，没有森林草原，也没有沼泽湖泊，是一片一马平川的褐土地。虽说是平地，但有一半较为低洼，我们那里叫作湖地，分布在村子的南湖、北湖里，土地贫瘠……

乡土咏怀

薄地千亩砂礓拌，谁知始耕是何年？
雪打雨润千万次，滋养先祖代代延。
叶落方知秋天到，男打粮食女拾棉。
世世种地难糊口，十家九户冬衣单。
改革春风沐江淮，家家包产责任田。
人勤地肥庄稼旺，十年收成翻两番。
政策扶农农村富，科技助农大发展。
往日种田人拉犁，面朝黄土背朝天。

如今全是机械化，农民十天九天闲。
住烦瓦房盖楼房，高兴就往城里搬。
凡人谁不恋故土？乡风乡情是思念。

庄户地是我家乡一块土地的名称。这块地中间凸起，土质肥沃，旱涝保收，是乡亲们无比喜爱的一块田地，据传是一古村落遗址。

田地（外一首）

村有千亩地，庄户地最肥。
同样肥和水，湖地几可敌？

记得少小读书，从我家到藕池学校必经一片低凹地带。这里四周被一圈水沟合围着，叫南湖。内有纵横交错的水渠和旱涝不保的三四百亩农田。大队在矩形水沟西、北两边的中间和南边的东端各开了几个围口，作为湖周围几个村庄的村民进湖劳作的通道。从北边中间的围口到南边东端的围口，有一条西北——东南走向的弯曲土路，是湖里唯一的一条道路。路的两旁是小沟和村里人长期取土留下的坑坑洼洼并由此串联起来形成的水道，路边原有稀稀拉拉的树，不知什么时候被人砍光了，愈显得地势低洼，有些许荒凉。

湖地贫瘠，三四寸土以下都是礓瓣。连下几天雨，其他田才湿透，湖地就一片汪洋；一段时间不下雨，其他地才觉旱，湖地就开了裂。各生产队都只能在湖地种些抗旱耐淹的茴草、蜀黍、豇豆、胡萝卜和荞麦之类的作物。

南　湖

南湖不是湖，有地四百亩。
低洼土水薄，多植草与黍。
曾经改稻田，粒米不收入。
村人南行远，唯有湖中路。
春来鸟不鸣，秋后宿白鹭。
夏日蛙唱歌，冬季鹰啄兔。
万物天注定，和谐乃自如。

有一年，村里人响应号召，改天换地，创新思路，想把淮北变江南，在低洼贫瘠的湖地上改种水稻。于是打造了稻田，请来了技术员，育了种、插了秧。我们这地不存水，上了满满一池水，若在淮河以南产稻区能保存很长时间，但在我们这儿一天一夜就耗干了。要保持稻田不干就得天天上水，起初对稻改积极性很高的村里人慢慢地泄了气，由于水肥跟不上、土质贫瘠不适宜稻子的生长，忙活了一季几乎无收。下面这首诗是对家乡昔日稻改的追述：

昔日稻改

淮北学江南，碣地打稻田。
礓土难存水，昼浇夜耗干。
哪知三伏天，沟塘一度干。
昔日没深井，无水天天灌。

稻田旱开裂，茎萎稻叶卷。
终久不成穗，白忙大半年。

南湖中间有一个人工池塘，叫“中心塘”。昔日，中心塘池深水碧，是整个湖地抗旱排涝的水源。曾几何时，近塘低洼田亩里栽种了荷藕，到了盛夏，荷叶青翠，荷花飘香，一派沁人景象。

湖中塘

巧夺天工神安排，湖中塘水谁采来?
夏日荷花映天色，冬里银鹤唱兴衰。
塘水湖地两相依，旱涝保收再无灾。
姑嫂挖出塘中藕，恰作夫叔下酒菜。

我的家乡，地处僻壤，虽很贫穷，然树绿花鲜，草幽水秀，非常美丽，四季变幻着不同色彩，拥有赏不尽的美景，享不完的快乐，故诌一组小诗抒发我对家乡的眷恋。

春

春雷惊蛰蛰物醒，杨柳滴翠万草生。
又是一年春好处，一犁春水起春耕。

夏

麦子金黄杏子甜，红芋爬垄菜花妍。
蜻蜓蛱蝶乱起舞，云淡日长好耘田。

秋

棉白豆黄荞飘香，红芋垄裂纺锤藏。
大人摘割童逮蝗，牛马拉运粮屯仓。

冬

滴水成冰露成霜，鹰雁落野野兔藏。
水利工地踏雪雨，锨锹舞动旗飘扬。

二、童趣

童年是水晶做的万花筒，一切都那么光鲜夺目，新奇灿烂；童年是一本连环画，页页勾勒着活生生有趣的瞬间；童年是一张白纸，书写着儿时的点点滴滴，书写着五彩缤纷的少小生活。

童年意趣（三首）

（一）

池边林樾闲，瞧见一鸣蝉。
纵身猛捕去，不慎落泥潭。

（二）

才近鸟窝边，意欲掏鸟蛋。

护窝归怒鸟，嘴叨爪挖撵。

（三）

孩童时早午饭后，常常在田野漫步。
同狗羊驹犊玩耍，喝饮那清澈溪流。
彩蝶时掠过胸前，向远方翩翩起舞。
数昆虫高声鸣唱，路两边此起彼伏。
有时候生起堆火，围一起烧薯烤豆。
童少年时光美好，整日间无虑无忧。

我记事时，村子里的大坑很大，水很深，里面生长着很多的鱼，父亲和村里会撒鱼的人经常利用农闲时分提着撒网到大坑里捕鱼。父亲很会撒鱼。每次他撒鱼时，我与哥哥就提着水桶端着盆跟着拾鱼，无论撒多撒少，都使得我们全家兴奋不已。

父亲撒鱼

桃花流水坑鱼肥，父亲提网我端盆。
坑边捋好钢衣坠，找好位置观水纹。
两手一甩似盖飞，涟漪层层波荡起。
出水一刹鱼欢舞，白鲢草混鲫鲤黑。
无论撒得多与少，全家都会兴无比。

我小的时候，父母的主要精力在生产队的劳作上，很少有时间管教我们。从我记事起，我大部分时间跟着爷爷。

白天跟着爷爷放羊，晚上一起睡觉。爷爷经常给我讲一些有趣的故事，教育我如何做人做事，给我幼小的心灵注入一些启蒙知识和许多正能量。

牧羊归

傍晚牧羊归，调皮羔下溪。

猛踢坷垃撵，靸鞋飞入水。

听爷爷讲故事

牧羊路上晚睡前，爷讲故事知识传。

乌鸦喝水展智慧，悟空降妖凭火眼。

谎害人己《狼来了》，人多力大《拔萝卜》。

黔驴之技取教训，农夫与蛇识敌我。

听猴捞月心里明，物在水面会投影。

故事教我做人事，幼小心灵受启蒙。

人从出生便开始了学习生涯。学会了爬，学会了走路，学会了说话，学会了做事情……踏着学习的旋律一步步走来。文化和专业知识的学习是在学校里进行的。

入　学

初登上学路，母牵至村头。

把我搂在怀，叮咛又嘱咐。

背包渐无影，还在立远瞩。

吾母重子教，子读重初入。

初入学上课，怎么也坐不住，只觉得身上生痒，只想鼓拽。一会儿挤挤左边，一会儿抗抗右边，一会儿抓抓前边，一会儿转身去挠后边，老师讲了什么根本听不进去。看见老师向我走来，就装模作样在那儿老实一会儿，不到一分钟就又动了起来。按照老师的话说，那叫身上长草，哪儿知道读书？老师布置作业，有时听不见，有时听见了扭头就忘。第一年不但不知道学，对学习用具也没有爱护意识。上学之前，父亲早把铅笔削好装在我书包里，到班上没写几个字笔尖就断掉了，还得自己用小刀削。笔、刀都不听使唤，一支铅笔削完也削不出笔尖来。笔、刀还经常丢失，明明都装在书包里了，可是用的时候去掏就没有了。不知什么时候丢的，在哪儿丢的，怎么丢的，也不知道是自己丢失的还是被其他同学拿走的。笔、刀丢，书本也丢。开始两次书本丢了，父亲就去找老师再买一本，后来再丢就买不着了，买不着就凑着与邻位同学合看一本。你凑人家的书看，人家给你看，你才能捞着看；人家不给你看，你就别想看。为这我还和同学闹了意见打了架。没丢的书翻不了几天就卷得像个菜合子，烂面少页，没到学期结束就“吃”完了。就这样，稀里糊涂一年过去了。

少不自强误终生

初入庠序课不听，接头交耳乱摆弄。

老师走近装模样，一离开步便撩动。

作业不做常被罚，笔本时无包时空。

白跑一年学涯路，辜负父母寄予情。
年少真真不自强，今思犹悔误终生。

学校在中藕池村北，是闲置的大粮库改建的教室。十间大粮库被秸笆横七竖八地隔置出全校的教室、办公室和老师宿舍。教室前有一片拆除粮库院墙后平整出的空旷场地，课余时间，老师带领我们翻土整地，种了很多蔬菜，仿佛有意引导我们从小培养劳动意识，并学习劳动生产技能。

学　屋

校坐中藕池①村北，十间粮库隔围起。
秫秸篱笆只到梁，圈出师舍与班级。
门前一片空闲地，嫩绿蔬菜一畦畦。
少儿铲刨盆浇灌，习而犹知农艰辛。

读小学时，学校对我吸引力最大的地方就是运动场。场地南北两头各竖个歪扭斜巴的木制篮球架，球场平时没有界线，更没有三秒区线和罚球线，只是有比赛时才临时用白灰画画。场地是用泥土垫起来的，一段时间不下雨，泥土都能没马蹄。无论场上扬尘多么脏，我一有时间就往球场跑。先是看高年级学生们打，有时凑在篮下时不时地

① 中藕池：濉溪县五沟镇的一个村子。往日是濉溪县五沟公社藕池大队大队部所在地。

抢一球，拍几下再向篮里投，尝尝打球的滋味。就这样，越摸越向往，越尝越有瘾。不知不觉中，我学会了打篮球。瘾大痴迷，放了学总泡在球场上。

学　童

玩球入了迷，披星戴月归。

就明饱饭后，和衣卧月辉。

我父亲打得一手好算盘，核账时，你能把数字读多快，他的算盘珠就能跟着拨多快，且很少出错。父亲还能两手各持一把算盘与两人同时算账。在父亲的熏陶下，我小时候最喜欢玩算盘，一有闲暇，就缠着父亲教算盘。

学珠算

暑假雨涟涟，跟大①学珠算。

先教三遍九，接学归除②篇。

六退四进一，二下五去三。

几天悟出道，熟练打加减。

上学路上

漠野白茫茫，麦苗雪里藏。

溪流冰雪封，秃树矗岸旁。

---

① 大：方言，指父亲。

② 归除：珠算中的除法运算。

谁家未拴驹，嗅雪尥蹄扬。
少年挎包行，袖手上学堂。

那个时候，村里人家孩子较多，通常一家四五个，最多的一家有八九个。加之穷家破院，生活困苦，度日艰难，孩子都是“放养”型，尤其是男孩，粗放到能活下来、长大成人就行，并不关心将来会怎样、有没有前途、是否赢在“起跑线”之类的事情。

昔日村童

乡里少年不知愁，满天玩味首自由。
读书只为识人性，功名利禄不追求。
春割青草喂羊牛，夏拾乘凉河中游。
秋里捡柴摘野果，冬日藏猫玩冰溜。
斗鸡踢瓦打弹弓，上学路上弹琉球。
家贫亦有千般趣，其乐无穷共春秋。

小时候，尽管家乡贫穷，粗缯芋馍常不饱暖，然而，门前屋后林园片片，坑圩水碧，树木参天。人畜和谐共处，收工宅园锄灌；有难村人齐帮，有事邻里上前；有闲常聚欢乐，年节喧闹非凡，少小时期的乡村生活让我至今思念。

村　景

屋墙院外瓜果园，圩岸远看尽翠染。
草虫畜铃协奏鸣，老夫赶牛驾犁还。

蝴蝶蝙蝠舞四处，孩童散学闹一片。
猪羊归栏鸡上架，村上袅袅升炊烟。

年幼时，中华人民共和国成立不久，全国人民日夜奋战在祖国的建设上，内忧外患依然存在。国穷民贫，物资匮乏，日用的农产品勉强维持，工业产品严重短缺。那时我们国家自己不能生产的，都得依靠进口。从外国进口的很多产品，百姓冠以“洋”字。最简单、最常见、最实用的照明油灯，村里人都会用空墨水瓶或者小药瓶自制灯具。而点灯燃的煤油，是漂洋过海来的，因此百姓把它叫作“洋油”，火柴叫“洋火”，肥皂叫“洋溢子”，白蓝细布叫“洋布”，铁钉叫“洋钉”，袜子叫“洋袜子”，自行车叫“洋车子”……

洋货年代

雄师初醒神自弱，瓦砾墟上起炉灶。
无奈生计自不顾，撷取资本换洋货。
穷则思变念振兴，艰苦奋斗搞建设。
江上飞桥造卫星，自力更生奏凯歌。

中华人民共和国成立以来，特别是改革开放号角奏起，经过几十年的战天斗地、辛勤劳作，我的家乡和全国其他地方一样发生了翻天覆地的变化。先是实行家庭联产承包责任制，产量连年增长，逐渐解决了吃穿问题。如今土地实行了联片承包，耕作全是机械化，节省了人力。富余的人们进城打工创收，腰包渐渐鼓起来，与在家劳作的乡邻联动，一步步富裕起来。洋货年代一去不复返。村里人永不停歇，凭着智慧和勤劳，向更加美好的康庄大道迈进。

故乡巨变

改革荡故乡，村里大变样。
西装花领带，潇洒精神爽。
土屋腾领地，隐遁灰瓦墙。
红漆大宅门，高楼一幢幢。
电点天然气，高压锅笛响。
抽油烟机挂，墙边立冰箱。
小道变通途，水泥路面光。
奥迪奔驰轿，地头看禾秧。
耕种机械化，收割人不忙。
麦浪上千亩，一日收运光。
再无岁晚债，不需储余粮。
种养靠科技，笃心奔小康。

1963年夏，一连下了几天大雨，平地水积尺余，村内的几条小沟排水缓慢。农田里的积水无法迅速排出，农民束手无策，干看着庄稼一天天淹死。这一年夏季，生产队颗粒无收，社员闹了灾荒，靠着上级微薄的救济，尚有不足或借或逃荒度日，生活非常艰难。对此，我记忆深刻，以这首诗来记述那时的情景。

水 灾

村几沟溪古，排水不通畅。
三天连阴雨，一片水茫茫。
庄稼没水下，村里水漫墙。
老幼全出动，尽为排水忙。
颗粒无收获，秋后断柴粮。
国难责任重，调粮度灾荒。
五两不果腹，树皮全剥光。
干群同舟济，大灾命无恙。
农家念党恩，标语贴满墙。

小时候的“年”最有味道。尽管家境不好、物质不丰，“年”还是最开心、最快乐的时候。

过 年

年少家贫不知愁，盼年只为吃顿肉。
家父虽羞囊中涩，鞭炮花筒容吾购。
年饭无酒白水代，饭后操场抢篮球。
守岁熬得人乏困，五更拜年满庄游。

我的家乡看重年节，注重祖祖辈辈传习下来的习俗，讲究过节的礼数、排场……腊月二十八蒸年馍，父母很早就起床烧水、和面、洗菜，好面、杂面要和好多盆，干菜、鲜菜要洗好几筐。这天蒸的馍，品种多、数量多，有馒头、花卷、油卷和菜包，高高的蒸笼要蒸八九十来锅，够七八口人吃上十天半个月。一大早就动手，要到半夜才能蒸好。那时，我们兄弟姊妹年龄小，不能干，受累的只能是父母。一天下来，母亲累得像害了一场大病，况且她本来身体就不是太好。父亲也累得腿疼腰酸，动弹不得。写到这里，感慨万千，以一首小诗寄托对已故父母的哀思。

蒸年馍

白面杂面和几缸，干菜鲜菜洗数筐。
父劈柴柈母团馍，炊烟绕梁年味香。
少年难得一餐饱，每揭一锅都品尝。
锅锅蒸笼一丈高，过后母亲病一场。

年就是这样，不论是在繁华的都市，还是贫穷的乡村，都是隆重而来，悄然离去。一年又一年，送走冬寒，迎来春光，留给人们的是丰满的记忆……

十岁春节有感

昨夜旧年去，今晨新春归。
年是有情物，临行赠人岁。
我年已初成，前程靠作为。
人生当自励，勤与梦相随。

童年冬季里的一天，我跟着父亲上淮北相城去拉锯末。天快黑了，走到濉溪南关濉溪中学东边的一家旅馆，父亲把我安置在那儿，他拉着车子去了相城。一个偌大的四合院就我一位旅客，店员把我安排在三间筒子东屋住宿。天黑了，我一人睡在三间空旷的大草铺上，十分害怕，用被子紧紧地裹着蜷缩的身体，强忍着躺在铺上。夜深了，又来了几个跑脚力的旅客，他们入住后大声说话，旁若无人，却帮了我的忙，我从孤寂的惧怕中松弛、舒缓了下来，不知不觉地睡着了。夜里，忽有几个戴红袖箍的来客栈巡查，看是否有不明身份的人住店，我被他们叫醒，问我是哪里人，来干什么的。蒙眬中我回答了他们，店主也帮着我解释，他们看我年龄不大，又孑然一身，且没带什么东西，也未发现我有什么可疑之处，问了几句也就作罢。

濉溪住店

客舍空寂雪后天，微灯草铺人孤单。
身寒心悸难成寐，恍惚又来客二三。
忽闻夜巡高声叫，原是清查“帝修反”。
年少心惧举无亲，寒星如灯太遥远。

我小时候，农业收成不好，粮食产量低，秸草收得也不多，生产队 40 多头牲口的草料缺口很大。从春天开始，生产队就号召平时不能上工的人员打青草上缴生产队喂牲口。农闲的时候，男女老少或跑远或就近全都下地割草，来弥补生产队喂牲口的草秸空缺。牲口吃不完的鲜草就晒干储存起来，一直打到秋后。而且，牲口爱吃青草，有了青草，牲口也长膘。割草上缴生产队，农村的孩子都干过。

那个年代，我们村庄稼长得不好，且四野无青草，割草要跑很远，孟沟两岸及其往北，后来的选煤厂、煤焦化工厂、工人村、塌陷坑以及韩村集以南这一带，人少，沟多，荒地多，野草也多，是我们经常割草的去处。三五人甚至七八人一路，早上天不亮起床，洗把脸，拿着镰刀、草铲、镢头，挎着粪箕就出发。到了草地速战速决，装满粪箕，上午八九点钟返回，背着三四十斤重的一粪箕鲜草，快走速赶六七里路回家。我到家快速吞扒两碗饭，接着去，顶着酷暑干到大偏晌。汗流浃背、气喘吁吁来到家，吃了午饭喘口气，下午还要去打第三趟。第三趟大都是头顶星月往家赶。草少的时候三四斤可挣得生产队工分一分，草多的时候要五六斤甚至更多才能挣得一分。虽然收入不高，但总有进项。本是农家出身，下地割草挣工分就是我的本分。几十年后，戏填《如梦令·割草》二首记述这段往事。

如梦令·割草（二首）

（一）

常记少小暑期，辄奔孟沟南北。
寻草十数里，挥汗抢满粪箕。
速回，速回，缴生产队挣分。

（二）

为了家庭生计，不怕人小力微。
冒暑劈荆棘，坑凹荒坡丛林。

快割，快割，一天三个来回。

小草的一生平凡而顽强。随着一声春雷，它被惊醒，慢慢地从泥土里探出头来，在微风轻轻的吹拂下，扎根成长。夏天，它勇于与暴风雨展开殊死拼搏，尽管千百次被吹打在地，但它并不服输，又千百次勇敢地站立起来，坚韧不拔。秋天，其他植被被秋风扫落荡然无存，它虽渐渐枯黄，但依然勇敢地站立着，毫不畏惧，顽强地活着。到了冬天，它被冰雪覆盖，被埋进土里，第二年，新的生命又在春风里诞生。小草的这种平凡而勇敢顽强的自立精神值得人们学习。

咏　草

堤坝田头马路边，扎根立足生境艰。
自从随春头探出，便遭雨风苦摧残。
殊死拼搏千万次，打倒再起意志坚。
于抗争中汲滋养，历尽磨难是磨炼。

小时候，村子里到处水清园绿，树木繁茂，坑圩大树环绕，我时常站在树上跳水。坑水上涨时，泆水时常常能抓着树枝。我爬到树上，在树上、水里来回翻腾。村东圩坑旁有一片葛藤攀附着的枣林，里面支起个空中乐园。一到夏天，那儿就是孩童打闹嬉戏、攀爬追撵的场所。孩子在葛藤上荡秋千，在树荫下斗鸡、摔跤、弹琉弹，爬到高处摘枣采花，十分惬意。这片树林南边，有一棵桑树，树干十多米高，两三人才能合抱过来，村子里没有人上得去，根深叶茂，是那时我们村子里的树王。小时候的村景永远深埋在我的记忆里。

树之颂

翠绿挺拔布满庄，安心栖居路水旁。
根系深扎黄泉里，瘠薄礓土供滋养。
仰起额头向天际，枝繁叶茂遮阴凉。
孜孜不倦结硕果，处处有尔做栋梁。
枝叶迎风甘俯首，沁人芳香溢四方。
摇曳百态不疲懈，生命规律容安详。
欣对路人表友爱，生息年轮载躯上。
精力充沛质坚韧，身材雄伟神端庄。
长就温柔女人心，婆娑枝头抱子房。
总是举冠护佑人，所到之处鼓力量。
但愿也和你一样，热情豪放襟宽广。
处世乐悲永博爱，整个宇宙都包藏。

昔日我的家乡，草青木翠水甘，蝉咏莺啼蛙唱，蝶飞雁落兔奔，乡亲勤劳善良，人畜和谐相处，春耕夏耘、秋收冬藏，我走出去后还常常思念昔日家乡的四季变换。

春 咏

春来是地逐走冬，氤氲漂浮冰冻融。
河湖粼粼滚细浪，水底沉鱼被唤醒。

蒲公牵牛花欲放，柳绿草长飞燕莺。
一年之计春孕育，金秋收获春播种。

夏　吟

河鱼畅游草幽繁，耀眼阳光天湛蓝。
桑树叶茂葚紫黑，黄瓜垂架梅蜜甜。
堂燕引雏求生存，扇翅彩蝶舞翩翩。
少女身上颜常变，风姿靓丽增夏妍。

秋　颂

阳光明媚花争艳，串串葡萄挂满园。
榛子壳鼓果仁香，苹果垂树老屋前。
羊群圈里叫咩咩，燕子丛飞声呢喃。
蟋蟀篱下齐歌唱，农民田里忙拾棉。

冬　歌

隆冬冷漠亦凄凉，旷野景致堪可赏。
风骨坚强尽看出，擦掉阳下一切谎。
漠漠天地雁声过，河在冰下急流淌。
麻雀欢快似春夏，秃树挺拔更锋芒。
鹰察遍野抓害鼠，粘血腐物鸦竞抢。
半空雪飞翩翩舞，梅迎风雪花怒放。

三、读中学

中学分为初级中学与高级中学，简称初中、高中。初中属于初级教育范畴，高中属于中等教育范畴。学制一般都是三年，“文革”时期，在“学制要缩短，教育要革命”的精神指导下，初中、高中学制都曾缩短为两年。“文革”期间求学，学途曲折艰难。从 1968 年秋季升入初中，断断续续，至 1975 年元月高中毕业，我读了 6 年半中学，6 年半的中学生涯坎坷不平。

读中学时期，一到夏天，学校就号召我们割草上缴，并分派任务，培养我们树立劳动观念。上午、下午课一上完，趁着中午或者傍晚，我们就拿着工具，奔赴郊野，忙着割草。要上课了，人人背着满满一粪箕青草返回，缴到班级储草场地，支援校村挂钩的生产队喂牲口。生产队也时常给学校一些粮油商品和教学设施及用品。从这方面来讲，我们利用课余时间割草上缴学校，可称为勤工俭学。

割　草

明媚五月日光炎，一片樱林花烂漫。
杏子青黄坠弯枝，彩蝶弄翅舞翩翩。
积极响应校号召，铲镰乱舞溪塘边。
割满粪箕忙回转，缴班送队作支援。

没上上高中，这是我人生历程中第一次心灵创伤，这第一次就创得我差点儿爬不起来。

1971年初，我带着霜颜、带着无奈再一次踏进藕池学校重读。校园景致一年来没有太大的改变，三排青砖灰瓦普通教室的后面还是学校南高北低的篮球场，那是学校上体育课、开展课外活动以及召开大会的地方。20世纪50年代建筑的十间大粮仓十几年来被风霜雪雨侵蚀得砖烂瓦损，没有了往日的雄姿，虽无物可盛，里面空荡荡的，但还依然耸立在那里，彰显着往日的姿态，无论你看惯看不惯，都对它无可奈何。桌凳也是我们趴过的桌凳，黑板依然是我们往日上课用的黑板，几块掉了漆的地方依然如旧，用水还是到大粮仓南边二十来米远的菜园老井里去打。一看到这些，心里就有说不出的压抑感。只有每天放学，当我走在回家的路上，看到绿油油的庄稼随风飘动，劳动人民从田里劳作收工欢愉地回家时，心里才会升起喜悦，所有的烦恼或失落都被扔到一边。一天放学，我走得很晚，独自一人在学校与家之间的原野漫步，暗自发愤。

发　愤

满地残雪早春寒，夜披冷月陌阡转。
东风不晓藏何处，我外众物死一般。
几日孤寂昏沉沉，想起被刷泪涟涟。
冬植经摧春更繁，绝不使读成遗憾。

1973年，高中招生制度悄然发生了重大改革，摒弃了推荐、选拔考试这种只是做做样子的招生办法，实行“统一考试，凭分选拔，择优录取”。寒冬腊月，我们背着背包，提着书笔，在老师的带领下上五沟赶考。五沟中学道路两旁两排粗大的杨柳，在凛冽的朔风劲吹下，摇摆着光秃秃的枝丫在那儿欢迎我们的到来，欢迎我们来这儿受检阅、被挑选。两排杨柳的外边东西分布着两块篮球场和块田径运动场。进入校园一看，考场门前三米已标示出一条笔直、惹眼的警戒线。第一考场、第二考场……考场序列标志已醒目地挂在各个考场的门上方。

考高中

漫天黄云白日曛，背挎赶考生一群。
十八考场同开卷，警戒线沿考前训。
日日写读寒窗苦，此时挥毫决浮沉。
宝钥开库文思涌，金榜题名五色春。

太阳是宇宙中的一颗恒星，阳光是地球能量的主要来源，太阳放射出的光芒为万物生长提供营养，不管美与丑、贫与富、贵与贱，不管是繁华的都市还是穷乡僻壤，也不管是沙漠、平原、森林，还是高山、海洋，它都平等对待，不偏不倚。

太阳之歌

火红太阳放光芒，照临大地育物长。
射醒新生去枯萎，催出百花唤蚁蝗。
能使忧愁蒸发掉，可将蜜汁满蜂房。

管汝美丑贵与贱，赋予之义皆高尚。

1972年底，通过统一考试，我被五沟中学录取，到1974年底毕业，高中读书2年。2年的生活，有愉悦，有迷茫，有希望，有遐想。

高中生涯记

清汤寡水馍碜酸，寝卧坯铺柴草垫。
苦读勤学夜继日，课堂上下苦钻研。
学工学农批“资修”，铺路翻砂挖井盘①。
学业无成期已满，谁知高考是何年？

1975年元月，我高中毕业。离校那天，学校召开了欢送会，由于我有急事中途离会，待我赶到学校收拾东西时，太阳已偏西，大部分同学已告别结束，离开了学校。我急忙收拾好东西，急促地与老师和还没有走开的部分同学告别后，离开了学校，太阳已近落山。我独自走在回家的乡间小路上，心事重重，思绪万千……

日　落

整个世界暮朦胧，光秃树木静无声。
思绪漫游未来路，遐想联翩心惶恐。

① 挖井盘：1974年读高中二年级，学校又折腾了起来，经常组织师生走出课堂，下厂学工，入村学农。有一个星期天，学校安排我们班级同学课后挖掘学校尘封多年的老井井盘。

冬夜黝黑埋大地，云烟载途人迷瞪。
前程坎坷行靠己，走过黑夜是黎明。

我的母校

那是一座道田合围着的校园，
坐落于小镇西头北边，
与小镇礼堂隔河相望，
远离喧哗吵闹的街市和令人目眩的商店。
高高的杂树笼罩着排排校舍，
校园里草青花艳、绿意盎然。
在那里我怀揣梦想跨过青春起跑线，
四十五年过去，母校却总在我记忆深处往返流连。
还记得，每当我们早操一完，
第一抹晨曦刚出现在地平线，
教室里琅琅书声冲向灰色的砖瓦上空，
回荡在绿野碧空之间。
还记得，天天按时收听广播讲座自学外语于课前，
下午两节课后自由活动，人人争入科学知识兴趣班。
更记得，年少时天真无邪，
情窦初开的懵懂缠绵，
运动场上的闪转腾挪，
含有鼠屎鸟毛红芋馍的涩酸。
两年的高中生涯，有愉悦，有迷茫，有希望，有梦幻，

还有那青涩酿成的甘甜、老师的诲人不倦注入我的心田。

告别母校四十五年，

近半个世纪的饱经风霜，时移事迁，

使我由风华正茂变成鬓发霜染，

却始终丢不了我对母校的深深思念。

时过40年，2014年6月28日，在王崇洲同学倡导主办、王传魁同学召集的“五沟高中1974届毕业40周年聚会”上，面对一张张熟悉而亲切的面孔，我心潮澎湃、感慨激昂，回忆当年的读书生涯，赋《卜算子》二首，抒发一个过来人的情怀。

卜算子·咏五沟高中1974届毕业40周年聚会（二首）

卜算子（一）

昔日共寒窗，相聚心扉悦。

动乱年间考高中，仅只咱一届。

修期密无间，互助习作解。

补短取长手足情，今忆情更切。

卜算子（二）

毕业辞母校，分手尚年少。

坎坷岁月四十年，再聚容颜老。

方恨相见迟，互诉人生道。

银座[1]樽前话别情，举杯乐陶陶。

2018年12月18日，王崇洲同学又发起主办“五沟高中1974届同学四十四载聚会”。他安排游览了淮北胜景“隋唐运河古镇”，并在淮北特色酒店“徽粤尚品”设宴庆祝。同窗生涯，我们一起求学玩耍，缔结了一生的情谊。毕业后走出校门，在各自的人生道路上摸爬打拼，经历了风雨，也见识了彩虹。相聚那一刻，又看到了当年活泼快乐的身影，听到了当年那熟悉的声音。我们齐聚一堂，追忆少年时光，欢声笑语不断。有幸参加，赋诗两首，以表感慨之情和感谢之意。

五沟高中1974届同学毕业四十四周年欢聚抒怀

辞别母校众分手，坎坷路途各自走。
敢问今夕复何夕？四十四载又聚首。
久别不见人已老，鬓发苍苍面亦皱。
见面似识非相认，神如当年情依旧。
闻几学友别世去，骤然心酸泪水流。
诸生昔别均未婚，于今子女成气候。
焉知人朽六旬过，竟然携手共此游。
徽粤尚品霓虹下，开怀痛饮口子酒。
众多声称会面少，一口闷[2]干杯倒扣。

---

① 银座：淮北万马银座酒楼。五沟高中1974届毕业40周年同学聚会会址。

② 一口闷：即（俚俗方言）“感情深，一口闷”之意。

肯心行善人感恩，能得欢聚谢崇洲。

赠崇州

邀聚每每君解囊，尚义重交善举常。
美酒霓虹人人醉，影集锦绣个个藏。
众皆翘拇赞卿品，使得重逢欢若狂。
好善能修成正果，乐施博得人敬仰。

四、生产劳动

劳动是指能够对外输出劳动量和劳动价值的人类运动，生产是人们使用工具来创造各种生产资料和生活资料的过程，生产劳动是人类社会生存和发展的基础。我生长在农村，从小就与土地、农具、牲畜等打交道，就懂生产，会劳动。读中小学期间，一到星期天、寒暑假，就在生产队里参加一些力所能及的生产劳动。高中毕业回乡，参加农业生产，叫作“接受贫下中农再教育，进行劳动锻炼”，成了地地道道的农民，主业就是生产劳动。

20 世纪 60 年代，大学停止招生，城市的青少年中学毕业到农村去，上山下乡；农村青少年中学毕业，自然而然回家生产劳动，回乡务农。

到 1972 年，部分高校虽然招生，但规定“选拔具有两年以上实践经验的优秀工农兵入学”，不招收应届毕业生。

有部电影就公开宣称：手上有老茧的青年就有资格上大学！再加上“知识青年到农村去，接受贫下中农再教育”的号召，高中毕业甚至初中毕业就意味着学生生涯的终了，意味着必须走向广阔天地。如我这般本就是农村青年，又有“家庭问题”，中学毕业即学生生涯完结，老老实实回乡当农民，被称为回乡知识青年。

回乡三年，一千多个日日夜夜，与村里人一起寒耕暑耘，摸爬滚打，朝夕相处。挖河、打井、修渠，事事参与；犁耕、耙拉、耩种，样样都干；扬场、垛垛、扛粮，处处都有我的身影。滚了一身泥巴，磨了一手老茧，我的青春赢得了考验，我的坚强意志经受了磨炼。

回乡务农

高中读两年，回乡种庄田。
人虽长成个，但是力不全。
挥锹身无力，背扛腰腿酸。
种地学问大，技能须锻炼。
学得把式样，初尽出差偏。
冬日踏冻土，夏来挥雨汗。
春秋更努力，全凭意志坚。
风卷雨浇身，烈日晒黑脸。
虽说农活苦，练就好身段。
心系庄稼长，睡觉梦丰年。
偶尔同学会，相诚表志愿。
谁无大学梦？关门真遗憾。

常望庄前路，停学心不甘。

白云飘浮不定，变幻莫测，或流动，或停驻，一时像这个一时又像那个，有意无意中为蓝天增添了装饰。不论他人如何看待，自己总是按照上天赋予的使命前进，坚定自己的信念和方向，一心向着远方。

云

蔚蓝天空飘荡荡，美妙格调常被忘。
自我美形从不弃，孤独不求他人赏。
高中毕业回家乡，投笔务农扶犁耩。
刻苦磨炼自勉励，学云心只向远方。

回乡第一年，正赶上农村大张旗鼓地掀起兴修水利高潮。“水利是农业的命脉”，社队都十分重视。兴修水利是那个年代农民的重要劳动，是繁重的体力活。高中一毕业，我立即投入轰轰烈烈的挖沟挖渠劳动之列。

挖　河

毕业随队去挖河，迎着北风卷飞雪。
河工万面红旗舞，战歌激扬寒川嘹。
受再教育炼红心，冒雪踏冰士气高。
刨拉连轴不知累，喊着号子爬上坡。
掉头吆喝一声推，轱辘朝天土倒掉。
时常连夜挑灯战，堤岸日增半尺高。

河套新挖东逝水，波光粼粼浪滔滔。
一河开挖贯百水，兴修水利除旱涝。

又一首

河道竣了工，归来踏春行。
草芽随意绿，柳枝垂翠青。
燕子啄春泥，时闻莺歌声。
半日奔百里，家里正备耕。

锄地是一种人类生产行为，是农业生产的一个步骤，是用锄头将土壤翻新，除去杂草，让农作物快速生长的过程。通过锄地，翻动土壤表面，形成含有很多缝隙的深土层，有利于禾根向土壤深处生长，以便获取更多的水分和营养。在我的家乡，锄禾对农作物春、夏、初秋的生长起到非常重要的增产作用。如今农业机械连片耕作，其中含有完成锄地步骤的功效，古老的手工锄地已不多见。故作诗一首，以给今天的后人，揭示那个年代农业生产的一个侧面。

锄 禾

三伏云断火辣天，两腿蹬躬身前探。
锄草耘禾喜趁晌，半裤赤背顶烈炎。
穷乡农夫知勤耕，除去杂害疏松田。
以力苦劳饱儿女，传统劳作刨食艰。

淮北是小麦的主产区。那时，生产队三分之二的土地是麦田。那个年代，麦收没有机械，一切劳作全靠人力、畜力。麦子成熟后，先一镰一镰割下来，拉到场上摊开，再使牲口拉着磙碾把麦粒脱下来。

麦　收

五月杏熟麦子黄，开镰收割人手忙。
老壮妇孺齐上阵，女割男运翁打场。
日灼地蒸人无怨，只盼新麦慰饥肠。
地净场光粮入库，先举红旗交公粮。

麦收时，村里人形象地形容其是场“战争”。麦子熟了，要抓紧收割，称为“抢割”；麦子割下之后，要抓紧运到场上，称为“抢运”；麦子运到场上，要抓紧脱粒，称为“抢收”。因此，俗称为麦收“三抢”。麦收期间生怕遇雨，若是遇到了雨，没有打下来的麦子就会受捂、发霉、生芽子，损失可大了。故而麦收像战争那样，需要抢占时机。

麦收“三抢”

麦收年年人畜忙，忙就忙在环环抢。
抢割抢运抢脱粒，全靠人力畜力上。
冒酷暑，顶骄阳，麦子进囤才是粮。
若是收遇连阴雨，生芽霉变遭灾殃。

打场是将割下来带壳的成熟庄稼平摊在场上，用牲畜拉磙带着碾盘打轧，使粮食从秸棵中脱出。昔日，我家生产队的场占地十多亩。一到麦收季节，生产队阔大的场上就一派忙碌景象，热闹非凡。

打　场

荷花绽放杏子黄，翁喝马牛正打场。
号子声里滚雷动，一圈一圈碾出粮。
磙轧两遍忙起场，弥漫一片麦鲜香。
挑走秆秸粒灿灿，聚到一起趁风扬。

太阳高高，把这一场要打的麦子全部摊开、疏松，让太阳把它们晒透，两匹马、骡拉着石磙拖着石碾就上场了。牵牲口的站在中间，让牲口拉着磙、碾打圈转，并逐渐往前盘碾，好让磙、碾把麦子全轧到。碾得差不多了，半米多厚的疏松的麦场被碾轧成薄薄实实的一片。牲口下场，卸套，我们上去翻场，用杈子把麦子挑起翻过来，再挑松，晒一会儿，牲口接着上场，再碾轧，待麦秸上的麦粒碾脱得差不多了就起场。起出的麦秸挑出来垛好，剩下的就是麦粒、麦糠和碎秸，把它们聚到敞阔处，用木锨、扫帚扬扫，清理干净。

又一首

两马拉磙碾，千圈绕翁转。
轧完一遍场，马卸人忙翻。
晒晒又碾轧，使秸粒脱完。

垛垛聚糠粮，挥帚扬木锨。

这几年，麦收实行了机械化，不但减却了人力、畜力在烈日下的繁重劳作，而且昔日一两百人两个多月的劳动量如今仅需一两日便罢了，此情此景，使我不禁感慨：

观收麦有感

麦浪滚滚又杏熟，南湖北地麦齐收。
机器吞麦欻啦响，接粒卡车候地头。
不再拿镰背灼暑，无须打场套马牛。
割脱运送似流水，一日能收九百亩。
也无交粮纳农税，农机燃油还贴补。
更有田亩险种保，若遇灾害也获收。
农业如今机械化，秸秆还田粒进库。
最喜政策科技扶，种养致富不用愁。

风调雨顺天栽红芋容易，旱天栽红芋就困难了。抗旱栽红芋首先是扒坷淳。旱天打起来的红芋垄净是坚硬的泥坯块，歪歪斜斜地卧躺在那儿。插红芋秧有均匀的株距，摊到大坯块，就得将泥块打碎做出坷淳来；摊到大坯块间的空当处，就得把近旁的坯块打碎取土围起坷淳来。坷淳既不能太大，也不能过小，要以能盛约 0.5 升水为宜。太大了，灌的水浸下后，坷淳口的干土太多，栽下的芋秧不易存活；过小了，灌进的水就会溢出来，造成水的浪费。坷淳扒好后，紧接着是挑水、浇水。等坷淳里的水浸完才能插芋秧。

插秧歌

扒好坷渟兑上水，红秧插在涡中心。

一涡一棵渟填平，横行垄沟是前进。

高中毕业回乡务农，曾一度被选调到大队“农企宣战斗队”。在那里不长时间，我便学会了抱锤打铁……

打　铁

农家男儿好逞能，愿学打铁当英雄。

吾抱大锤十八磅，挥臂砸落满天星。

拜师学艺两个月，筋骨锻硬技不精。

众人敬重打铁汉，只为身内怀硬功。

青少年时期，我家乡经常出现干旱，抗旱是繁重的体力活。一遇抗旱，全村男女老少齐出动，起早贪黑，忙个不停。小旱用桶挑盆泼浇灌，大旱就得挖塘掘井安装水车抽水灌溉。

抗　旱

六月旱生烈日炎，农田开坼木犹燃。

薯黍卷叶豆未种，堰塘见底小河干。

众志全村解危难，整渠掘井战犹酣。

那时抗旱靠人力，架起水车抽水灌。

四壮劳力对着站，握把绞动探辙间。
水流伴着水车声，出籖进渠跳潺潺。
浩荡清流送数里，瓢盆翁幼泼旱田。
人人赤脚光着背，个个汗珠挂满脸。
动力机无灌效低，一天只浇几亩田。
安得愚公精神在，抗旱天天速进展。
为夺粮柴抗灾害，艰辛劳苦舍命干。
几天禾苗绿油油，动地撼天神鬼赞。

收获蜀黍是立秋后，2 米多高的黍秸是用镢头一棵一棵连根砍下的。砍蜀黍不仅是重体力劳动，同时也是个技术活，一般由壮男劳力劳作。

砍蜀黍

蜀黍身高七尺三，收获需用镢头砍。
砍黍堪称技术活，力气要领须壮男。
马步伸腰似拉弓，左臂搂黍一大片。
右手挥得漫天星，一下一株如种蚕。
黍地年年是赛场，男女老少看愣眼。
庄稼把式农人敬，姑娘偏爱力气男。

高粱，在我的家乡俗称“蜀黍”。

蜀黍吟

黍亦称高粱，穗米二百粒。

壳米能酿酒，秸皮可制席。
叶片畜作食，秸做馍筐篦。
上下浑身宝，只是产量低。

秋日的黄昏

秋日黄昏别样媚，远横暮烟村晚炊。
大地凄苦寒雾罩，安详蓝天布浮云。
投林鸦雀在盘旋，归圈牛羊欲夜寝。
树木斑斓不详辉①，紫红枯叶飒飒音。
有时寒风卷落叶，预兆风暴要来临。
一切都衰将凋零，物带凄凉笑意存。
我今岁月已向晚，人生时光近黄昏。
退仍不辍释正能，永葆昂昂精气神。

不知从何时起，我的祖辈掌握了酿酒技术。我很小的时候，村子里就开了酒坊。虽是家庭人工作坊，场面却很大，也很有特色。酒坊曾一度设在我家东邻院内，小时候很喜欢到酒坊里玩，看大人们酿酒劳作的忙碌场面。人工作坊酿酒分为制曲和蒸馏两大部分。先制曲，取一定量的小麦研磨成粉，和曲母一起掺水搅和，好了之后倒入模子使其成型，制作成曲块。接着把曲块送入密封处发酵、陈放，阴干后呈土黄色。酿酒前先将高粱在池中浸泡，然后放入锅中蒸煮，约一个时辰，高粱经蒸煮黏稠（俗称“高

① 不详辉：不清晰的光辉。

粱饭”）后取出冷却，先后加入谷壳、曲粉搅拌均匀，倒入池中发酵。发酵好后，再掺杂谷壳，放入大甑中蒸馏，不一会儿，蒸汽出来，随后流出液浆来，那，便是酒。新酒一出，热香扑鼻，大人品尝之余，有时也分给孩子舔舔品品。据说，我们村酿造的酒香醇浓烈，享誉方圆数十里。可惜村子里的这一传统、特色产业，后来没能保留下来。

忆酿酒

昔日家乡造酒浆，培菌拌曲蒸高粱。
麦粉兑水搅制曲，放入菌室阴干黄。
黍米泡后蒸黍饭，加进谷壳速冷凉。
掺入曲粉搅拌匀，装池发酵待生香。
闻有酒香上甑蒸，汽引玉液琼浆淌。
新酒一出都品尝，人人欢欣喜洋洋。

苘，也称作白麻，一年生草本植物，茎直，可长两米多高，茎皮纤维可制作绠绳。苘在春天种植，七月收割。沤好后，才可剥皮，晒干。苘是当时的经济作物，社员收获后可扛到集市上换些零钱贴补家用。

咏　苘

秆似小树叶似锣，枝丫举个小陀螺。
扒下皮来纺绠绳，织锦做袋用处多。

那个年代，红芋是我家乡最主要的农作物。由于传统的农耕习惯，红芋相对于其他农作物产量高、产量稳，且易管理，村里人常年百分之九十的口粮是红芋。因此，流传一则民谣："红芋饭，红芋馍，离了红芋不能活。"红芋成熟后，也是"小三抢"。趁天晴，抢起、抢切、抢晒，不然红芋将会霉变、烂坏。在红芋收获的季节，男女老少齐上阵，真乃土里刨食也。

红芋赞

块茎是主粮，叶梗畜饲料。
生熟均可食，充饥煮蒸烤。
为面烙馍饼，成粉做丝条。
发酵酿酒浆，上市搞贸易。
植种需打垄，插枝是幼苗。
田管也粗放，分蘖锄遍草。
苗长易扎根，雨后速翻掉。
收时称作抢，常常夜灯挑。
起切撒晒拾，环环紧相套。
若有一环误，丰而收不到。

红芋的盛产带来了制粉业的发展。生产队是用石磨磨粉，农家则是用镂子把红芋镂碎揉挤出粉汁晒干成粉。粉面可以用来下粉丝、转粉皮、制凉粉。一到农闲，特别是临近年节，生产队场上、农家院落到处晾晒着粉面及其制品。红芋变成粉，不仅可以改善村里人的生活，还可以用来在集市上交易，提高农产品价值，增加村里人收入。

制粉条

点矾配料细打芡，芡粉掺和和成团。
待粉醒好灶上火，平举漏瓢捶腕颤。
淀粉成条圆方扁，下入沸锅底上翻。
待到三滚煮熟后，捞出清洗晾晒干。
可烧汤菜可凉拌，荤素皆宜人喜欢。
红芋加工成粉条，自身价值翻几番。

劳动号子是直接伴随体力劳动，并和劳动节奏密切配合的民歌。在劳动过程中，尤其是集体协作性较强的劳动中，为了统一步伐，协调呼吸，释放身体重压，劳动者发出吆喝和呼叫。它产生于劳动过程中，直接为生产劳动服务，真实地反映劳动状况和劳动者精神面貌，其音乐形象粗犷豪迈，节奏坚实有力。

在我家乡，劳动号子常常出现在打场、拉犁、榨油、拉车、打夯和抬重物等一些劳动场面。不同的劳作唱的号子也不相同，以拉车号子最具代表性。一人先唱第一句，叫领号子；众人接着喊，叫接号子。领一句接一句，句句皆是六字，虽说土气，但力量非常振奋人心。

生长在农村，特别是经过 3 年回乡务农的劳动锻炼，我熟谙了家乡劳动号子的旋律。如今，当我独在僻静之处时，还时不时地将这土里土气的号子哼哼几句。

劳动号子

缏绳蹬起来哟　蹬起要使劲哟
号子唱起来哟　唱起有力量哟
要唱就唱响哟　唱响劲头足哟
唱就要唱齐哟　唱齐力倍增哟
大家团结起哟　团结力量大哟
咱们齐努力哟　努力争上游哟

大伙加把劲哟　拉车向前进哟
要想吃饱饭哟　就得加油干哟
要想穿暖衣哟　困难头不低哟
要想住新房哟　叫汗湿衣裳哟
不靠天与地哟　就靠拼命干哟
苦累咱不怕哟　高峰勇攀登哟

大家再努力哟　前进再加速哟
农业学大寨哟　敢叫天地换哟
咱向地要粮哟　神圣又荣光哟
小伙人一表哟　前庄姑娘俏哟
媳妇娶进门哟　得靠流血汗哟
苦干加巧干哟　干劲冲云霄哟

谁也别偷懒哟　谁也别耍滑哟
现在吃苦累哟　日后酿甘甜哟

勇于斗天地哟　争取多打粮哟
企盼获丰收哟　巴望快致富哟
盘古开天地哟　号子唱到今哟
任务完成了哟　心里真高兴哟

交公粮是指生产队收获的粮食一部分卖给国家，它是我国计划经济时期，农民听党的话，热爱祖国，顾全大局，愿尽义务的真切体现。那时，粮食产量本来不高，再遇到天灾更是收入甚少，但每年的交粮工作都提前完成。一到午收、秋收，就忙得要命，粮食稍有归仓，便想着交给国家，村村队队都出现交公粮的繁忙景象。当年交通运输工具简陋，多用大车，条件好一点的用牲口拉，条件差的用人拉。交公粮最使人担心的是粮食检验不合格。一看到粮站工作人员拿着钢钎猛扎自己队的粮袋检查时，就感觉像扎自己身上一样，心里老捏一把汗。说你粮食不干净，或者有点潮，你就得立马想办法弄干净，或者找片空地晒干，直到合格为止。一旦听说粮食合格，可以过磅时，顿感欢快轻松。时间过去40多年，交公粮的场景还时常在我眼前浮现。

交公粮

四五十年似一晃，当年交粮未能忘。
才收粮食晒扬罢，选优先交爱国粮。
经年收成难果腹，先尽国家情系党。
支援国家搞建设，爱国情操成风尚。

全队出动百余口，五千斤粮车四辆。
靸鞋脚步踏青春，愉悦心情喜气洋。
青壮拉套把式援，唱着号子驶出庄。
此去粮站十数里，大步流星赶路忙。
夕阳西下粮站近，卖粮车队千米长。
提钎粮检如衙役，钢钎乱入粮袋上。
粮有杂质重过筛，潮湿再晒要找场。
岂知我队粮上乘，顺顺当当过了磅。
满载一车星辉归，气蒸大地雾笼庄。
有粮先国讲奉献，爱国精神大发扬。

参加生产劳动，报酬就是工分。工分已是过去，工分时代已成为历史，但它曾经是农业社员唯一经济来源的标志，社员把它看成自己的命根子，它与社员的生活乃至生命休戚相关。它起源于中华人民共和国成立后农村建立生产互助组，在农业生产合作社和农村人民公社中普遍使用。那个年代，农民靠的就是在生产队挣工分养家糊口，孩子上学、穿衣购物、油盐酱醋等一应开支均需用在生产队挣的工分。

工　分

工分工分，社员命根。
公社时期，生产队里。
结算分红，以分为凭。
分同货币，能购饭衣。

靠它糊口，指它养育。
孩子上学，接人待客，
生老病死，尽含其内。
出工挣分，起早贪黑，
累死累活，分值不多。
拼力苦挣，潦倒困穷，
尽管如此，没分不成。
三十冬春①，靠分生存。

又一首

工分岁月已告别，我国步入新时代。
联产承包激活力，体制改革人释怀。
科技下乡进农户，扶助连片瓜果菜。
昔日穷乡今致富，楼院迎进轿车来。

高中毕业回乡务农，劳动锻炼的生活，有愉悦，有迷茫，有遐想。回乡务农到什么时候？劳动锻炼到什么程度？没有地方去找答案，谁也回答不上来，总感觉人生前途凄凉、暗淡。然而，2 年的生产劳动，落了个“还可以”的身体、“还可以”的表现、“还可以”的农村锤炼。

---

① 三十冬春：三十年。从 1949 年中华人民共和国成立，到 1979 年农村改革，实行家庭联产承包责任制，生产队解体，农民靠工分生活的时代长达三十年之久。

在冬天

旷野灰白天地冷，寒月孤寂破云升。
池塘上空鸦打转，寻树栖息度寒更。
毕业回乡两年整，手结老茧心炼红。
茫茫雾陌深思索，前路何时见光明？

“蹲点”，是当年十分流行的一种“促后进变先进”的工作方法，即通过组织手段，派一些人到指定地点去，帮助那里的人们解决一些问题，以达到上级的要求。高中毕业回乡务农的第二年，我被大队抽调到朱家南队“蹲点”。按照大队关于“搞好调研，协助工作，帮助解决问题”的要求，我一边参加劳动，一边进行调查研究。一有时间，我就深入农户，与他们促膝谈心，了解他们的所思、所想、所求。经过一段时间的相处，我对这个队生产落后、班子瘫痪的情况有了深入、详尽的了解。在我力所能及的情况下，我一边帮助解决阻碍生产发展中的问题，一边把调研的情况写成调查报告，报大队党支部、革委会。我被调走时，大队认真研究了我提出的意见，采纳了我的一些建议，选配了朱家南队的领导班子。至今我回家路过朱家，与当时的社员群众遇到一起，谈起那段历史时，还会浮想联翩，感慨万分。

暮

暗云层叠日落山，明霞一缕横西天。

暮烟袅袅腾腾起，村头杂树金色染。
鸡鸭寻窝羊上圈，翁扛犁耙驱犊返。
收工落锄赶炊事，饭罢登门夜访谈。

走访调查

夜睡生灵入梦乡，戴雾桐杨守溪旁。
月拨薄云窥茫野，晚风轻捷弄黍响。
来村蹲点一周余，收工就晚忙走访。
东家灶前刚拉①罢，西家围谈借月光。
几天调查收颇丰，热情充满我心房。

农民是农业生产劳动的主要力量。我生长在农村，高中毕业又回乡务农，对农民认知深刻。故作《农民》一首，表达对农民的敬重和挚爱。

农　民

脸似树皮手若锉，腰束布带裹裤脚。
犊气粪渍时挂身，硬朗上阵常赤膊。
夏种秋收归戴月，冬翻春耕披星作。
终年刨食为生存，日夜苦劳求温饱。

夏日的黄昏

夏日黄昏一天蓝，太阳西下未落山。

① 拉：方言，指谈话。

不顾麦茎刺肌肤，幽径踏青步慢慢。
虽有清凉沁心脾，清爽也难消闷烦。
回乡磨炼将三年，上大学梦几时圆？

五、牲畜记忆

我从小就结识了牲畜，经常逮着羊或未拴的小马、小驴骑耍戏谑。特别是高中毕业回乡务农期间，犁地、耙地、耩地、赶车、喂猪和放羊等，整天与牲畜打交道。农活歇息或农闲时，就喜欢在牛屋里拉话、聊天，抚摸抚摸牛马，给它们添把嫩草或者料饼，看它们大嚼快吞的形象。熟谙了它们的习性，能与它们顺利地交流，经年累月与它们一起完成繁重的农耕劳作。

牲口，是牲畜的俗称，专指供人使役、为人服役的家畜。在我青少年时期，生产队有牛、马、骡、驴 40 余头（匹），多是自繁自育。生产队曾一度作为集体经济重要来源，集体喂养猪、羊，更多的是社员一家一户零星拴、圈养。农闲时日，生产队牛屋前的空地上，北边几十头牲口拴在一起，黑压压的一片，有的卧在那儿道沫，有的站在那儿嘶鸣，有离近了的在那儿嬉戏，没拴的小牲口吃奶、玩耍、找草吃；南边猪羊成群。这是那时村子里的一道亮丽的风景线。这道风景线早已消失，不可再生，永远回不来了，成了人们心中的永远记忆。

牲口记忆

队里牲口四十头，一半驴马一半牛。
犁耕耙拉跑运输，收种打卖不犯愁。

牛，是哺乳动物。适应性强，体质强壮，适合奔跑。食草，具有反刍习性，使食物得到更好的消化和吸收。皮毛有黄褐色、黑色及黄白兼纹色。头骨上长有一对粗大的角，角不分叉，内部空心。成年牛膘肥体壮，昔日是生产队农耕和运输的主要畜力。

歌　牛

犁耕运拉度春秋，一步一喘一点头。
任劳任怨不图报，苦累生死一声吼。
东岗翻地西田耙，送粪驮粮日无休。
青稞干草充饥腹，撒把麦麸乐悠悠。
口渴遍饮坑溪水，虻叮蝇扰自摆头。
莫道有喜得修养，身怀六甲不肯休。
君解收种光阴贵，奋蹄不必鞭子抽。
世代感恩牛功德，一生甘为孺子牛。

马，是草食性动物。体格匀称，骨骼坚实，蹄质坚硬，四肢长，肌腱和韧带发育良好，颊齿高冠，头面平直而偏长，毛色以棕红、青、白和黑色居多。马不畏严寒酷暑，听觉和嗅觉敏锐，皮毛春、秋两季各蜕换一次，站着、卧着都能睡觉。大的高约一米六，体重一两百斤。

颂　马

远离战场不嘶鸣，更无赛事抖威风。
拖车拉犁乡间转，服务三农亦有功。
羞于牛哥比力大，拉车拉磨当先锋。
无须山珍精喂养，偏爱沟岸杂草青。
渴饮地边坑溪水，困乏站定眯一梦。
农马最喜丰收年，庆功表彰身披红。

又一首

肌腱韧带发育良，犁地拉车累日忙。
送货运粮南北驰，饱赖草秸东西闯。
溪花路草笑平生，长鞭随着奔蹄响。
红马也有苦和乐，见到伴嘶笑脸仰。

在我家乡用马车远近运输一般是用三匹马，其中，一匹驾辕，两匹跑稍。套在两车杆里面的牲口叫驾辕，在驾辕前面用长套套着的两匹并排拉套的叫跑稍。最使人感到满足的是乘马车在公路上行驶，三匹青骢在车把式长鞭的驱赶下，拉着马车在宽阔的砟子路上奔驰，碧玉般的蹄子上下翻腾，还时常发出嘶鸣声，使人欢快惬意。

马拉吟

青骢金络软皮鞍，两马跑稍骡驾辕。

一甩长鞭齐奔腾，铃铛碧玉蹄双翻。
汗血每随拉运淌，偶陷泥凹呵且鞭。
暮归近家常嘶鸣，卸套卧土蹄朝天。

马驹学活

体壮身高性暴烈，两岁马驹学活来。
上套前拽后喝赶，还要老犍传帮带。

骑　马

村人骣①骑无鞍辔，手近马唇拂拂脸。
按住脊腱右腿跨，两手攥鬃任其颠。

马和车把式天天从早到晚出工劳作，通过动作、吆喝彼此交流。久而久之，互相了解了对方的习性，理解了对方动作的蕴意，有了感情，互为尊爱。

马和车把式

牵前总想添把麸，欲去拂头先亲手。
乐出钦差向天嘶，任套任拴任鞭抽。
卸套先打几个滚，起来喷鼻鬃抖擞。
后腿跳起尥尥蹄，送槽进食方辞走。
相依相傍是朋友，相影相形走前后。

---

① 骣：骑马不加鞍辔。

运砖交粮拉稼粪，也数送亲①接新口②。

骡是哺乳类奇蹄目动物。由马和驴交配所生，主供使役。公驴与母马交配所生的叫马骡，公马与母驴交配所生的叫驴骡。骡肢蹄结实，富持久力，具有驴的负重能力和抵抗能力，又有马的灵活性和奔跑能力，且易于驾驭，役用价值比马和驴都高。骡耐劳，耐粗饲料，适应性强，适用于拉驮。

咏　骡

骡子尊亲是马驴，公母自身皆不育。
负重像驴锐像马，咆嘶似马耳似驴。
出劳不分分内外，爱与老犍喜搭惧。
耕犁千亩耩千垧，拉砖运粮屡来去。
经年累月难歇套，疲惫卸套打滚驱。
只为众生能得饱，一生劳苦无怨屈。

驴是哺乳动物。像马，比马小。耳朵和脸都较长，胸部稍窄，四肢瘦弱，蹄小坚实，体质健壮，躯干较短，不威武雄壮，毛多为灰褐色。耐粗放，不易生病，性情温驯，吃苦耐劳，听从使役，用作力畜，多是拉磨，也可耕作和乘骑。

---

① 送亲：女儿出嫁，穿好婚衣，娘家用大车或者马车送到婆家。

② 新口：新人。结婚娶亲。

赏　驴

十几头驴自育养，胸窄头大两耳长。
躯干矮小四腿矬，体健蹄坚耐粗放。
刻苦耐劳难病休，服从使役性温良。
渴饮溪井浑浊水，饥嚼青草植秸糠。
日日拉驮早到晚，驱劳打滚蹄朝上。
亦拉犁耙亦拉磨，若无牛马也轧场。

曾一度，生产队草料不足，不足的草料先尽马、牛、骡吃，驴就吃不饱、吃不好，长期营养不足，三百余人吃面还得它们起早贪黑一圈一圈地拉磨磨，生产队几头驴都瘦得皮包骨，走路身子打晃腿发飘，拉起一两百斤的石磨非常吃力，使人看了心酸。

又一首

褐灰农家驴，拉磨磨麦黍。
眼蒙早到晚，日日转不休。
走路四蹄颤，骨瘦成峰棱。
夜里吃是睡，终夕嚼草声。

回乡务农期间，在生产队喂了一段时间猪，那段经历使我至今难忘。

饲 猪

队委会上做决策，积极响应党号召。
发展集体养猪业，全队干群皆称道。
队买两猪吏来找，饲养任务交于我。
回乡接受再教育，听从调遣第一要。
领任随即牵猪去，倾心饲养用科学。
半年两窝猪崽生，大小一群嬉戏闹。
每每猪食一送到，强者霸道抢食槽。
逞能不顾同族在，占尽风头养肉膏。
其他肥壮不示弱，张牙舞爪相撕咬。
这时吾常策鞭杖，屁滚腰圆被赶跑。
最是饲时讲卫生，白灰喷圈勤清扫。
糠麸猪食嫩菜叶，配方饲料经发酵。
自学兽医防猪疫，常见猪病吾可疗。
为使猪儿得意长，时牧闲田吃虫草。
猪粪使田变肥沃，血油肉是好食料。
猪的全身皆是宝，养猪经济价值高。

在生产队里喂猪，牧猪最为惬意。

牧 猪

驱猪向坡岗，犹爱下池塘。
打溺挨水沿，拱捉贝螺蚌。
时有落花至，供猪戏嗅香。

堤岸深杨柳，读书借倚仰。
常看应时篇，也习古文章。
牧至日西落，归猪任徜徉。
踟踟晃悠行，个个肚鼓囊。
幽映每一日，清辉沁心房。

我小学四年级还未读完，“文化大革命”就开始了，学校通知停课。由于年龄小，我又没有力气参加农业生产劳动，整天闲着无事，父亲就买了几只羊，搞起了养殖，把任务交给我。养羊工作主要是牧放。

牧 羊

村野徐徐飘霞光，夜睡生命晨来唱。
花鸟猫狗伸懒腰，我驱羊群穿沟岗。
坡野青草正甜嫩，活泼羊儿咀嚼忙。
啃到禾收茬田处，自由自在食散粮。
漫步细听小溪语，头上蜜蜂哼着腔。
来到一片绿荫下，拔出竹笛吹乐章。
旋律从我心间涌，乐韵悠扬传四方。
笛音虫鸣向黄昏，柔嫩草影已拖长。
早出晚归春到冬，夏蹚露水秋踏霜。
养羊是为贴家用，家缺草料靠牧放。

六、农耕农具

我国农耕已有2000多年的历史。我家乡的传统农耕以旱地农业为特色，春、秋、冬三季干旱寒冷，夏季高温多雨，普遍存在的褐土持水保肥能力低，但有较好的毛细作用，多种植肥力、水分要求不高，苗期能抗旱的作物，以小麦、玉米、红芋和黄豆等为主。种植是先犁后耙再耩种。

犁地也叫耕地，就是翻土。上季庄稼成熟收割以后，要种下一季，就要施肥耕地。先把肥撒在地表上，随后深翻土地，肥就被翻到了地下，这叫施底肥。犁地除为了施底肥外，首先是为了土壤充分吸收空气中的氮气等，增加土壤中的养分，土层表面吸收空气中的养分充足了，饱和了，把它们翻下去，埋在地下，把下面的土翻上来，接着吸收，直至吸足饱和；其次是为了使土地疏松平整，利于耩种。犁地的农具是犁。我家乡的犁是木铁结合制造的，由犁底、犁把、犁杠、犁箭、犁铧、犁面组成。犁底是一个半米多长、横截面为半圆形、下圆上平、一头削尖的粗硬木；犁把和犁箭呈60度角插入犁底中间，犁把后仰，犁箭前探，犁把上端安装一横着的小把柄，作为提犁和拴指挥牛马的撇绳使用；犁杠近似S形，一端带有犁尖，是牲口拉套的挂钩，有犁尖的一端与犁底的箭头方向一致，另一端穿过犁箭插入犁把中；犁底尖的一端安装有犁铧和犁面。

犁地翻土一般要两头牲口拉犁。犁地时，人走在犁的左边，左手握着撇绳，右手扶着犁把。指挥牲口左拐、右拐或者靠左走、靠右走的撇绳一头拴着牛鼻子，一头系在犁把上，左拽撇绳就是要牲口左拐或靠左走，连续顿几下撇绳，牲口右拐或靠右走。犁起的土向右翻。要使犁口宽些，就把犁把向右偏，想使犁口窄些，就把犁把向左偏，正常运行时，要把犁把掌正。老把式犁的地，一犁挨着一犁，不重不漏，犁迹笔直，深浅均匀，翻起来的土块光滑，明亮整齐地排列成新的地面，给大地增添了一道亮丽的景色。

犁　地

牛拉犁耕两千年，季季犁犁上下翻。
牛套挂于犁环上，环拴杠尖犁支点。
杠穿犁把扣犁底，犁底插入铧裤间。
两牛分走沟与岸，人行犁左土右翻。
地头将近提起犁，犁掉头时牛先转。
只见犁环取畜力，翻出底土瓦瓦片。
一犁只能耕七寸，两月才翻一季田。
传统农具耕效低，农耕昔日靠鏖战。

春　耕

春夜风雨晓放晴，村南地北闻鸟声。
青壮劳力撒匀粪，庄稼把式呵牛耕。
人畜同心盼丰年，铧拓土亮如浪峰。
喜悦伴随希望长，牛鞭炸亮漫天星。

又一首

淮北平原褐土地，遍野麦绿望无际。

几块冬垡平似掌，趁着春雨动春犁。

少小学犁

少小南湖扶犁耕，撇绳拽顿手不停。

犁把东倒忽西歪，犁沟弯曲似蛇行。

犁耕翻过来的土块，需要弄碎、疏松、平整才能耩种。使翻耕的土块破碎、疏松、平整的农具是耙。

我家乡的耙，由两个耙桄、四个耙穿和二十根耙齿组成。耙桄是长 2 米、横截面为方形的硬木，耙桄两端 30 厘米内均匀地布列着四个榫眼；耙穿是长半米、两头有榫的硬木，四个耙穿的榫插入两个耙桄的榫眼固牢，就是耙框；耙齿是用钢铁打制的，长 15 厘米，一端尖一端粗，粗的一端横截面为菱形，耙齿粗的一端均匀地镶嵌在耙桄的下面。耙齿锋利似钉，翻耕过来的土块主要是通过耙的行进靠耙齿破碎，疏松土壤，平整地表。

两头牲口套的挂钩挂在耙鼻上，拉直的牲口套与地面约呈 30 度角，耙齿朝下。耕地时，人站在耙上，给耙加重负荷，把耙身压贴地面，使耙齿深入下去搂得更深更匀。牲口拉耙运行起来之后人才能上耙。先将左脚踩在耙的后桄上，然后抬起右脚，利用惯性使其蹬上耙的前桄。人的重心一般要落在耙的中心，才能使耙平衡，利于耙的运行。

耙地有很强的危险性。上耙时后脚上不好容易踩偏踩空，掉入耙底会被碰伤；运行时在耙上站不稳会打晃，容易歪，甚至掉下来，被耙蹭伤身体；下耙时，先将站在前耙桄的脚抬起抽到耙后，站稳，再将后耙桄的脚顺势抬起，平稳下来。学耙地，重要的是上、下耙时脚要落准、落稳，站在耙上运行时，要掌握、保持好平衡，使其时时处在平衡中运行，拐弯、掉头时，要调整、运用好平衡。耙地多是用骡、马，跑得快。速度快，耙齿对土块的冲击力就大，土块就容易被破碎。

耙　地

字面看耙巴耒配，紧贴为巴耒为具。

蹬耙冲锋勇向前，齿桄碾撞坷垃碎。

经耙地平田保温，壤松土质增含水。

田亩一新软似棉，播种待风稍时吹。

耩地就是播种，就是用耩子把种子播到平整好的耕地里。我家乡的耩子，三根木腿，腿的底部套上尖利的铁足，耩腿的中间是空的。耩腿上端是与腿相连三横三竖硬木的耩身，最上端的横木是耩把。在耩腿的根部两边的腿上镶嵌着两个耩辕，辕上装有牲口套。耩身与耩辕约呈 120 度角，在耩身与耩辕接点处扣着一个放种子的方形木斗，种子从木斗漏眼漏下，通过空腿漏入耩足冲起的土层底。

耩地只用一头牲口，但要两人合作，一人牵牲口，一人摇耧。两人要配合默契，牵牲口要使牲口拉耩步履匀称，才能使耩垄正、直，行距均匀，节省地力；耩地摇耧尤为关键，扶耧掌舵要稳，耧不能乱晃，还要掌握好力度，保证耩得不深不浅，出苗均匀、整齐。

耩　种

一牲套在两辕间，老汉摇耩向两边。
把式呵牲步履匀，种儿进腿经仓眼。
跟铧迅疾入沃土，还置铃铛仓眼边。
摇晃耩耧催种下，耩铃叮当脆声连。
种送地下润温宜，生芽破土展新篇。
自古耩耧年年摇，传统农耕为吃穿。
如今农业机械化，农具入馆已休闲。
种养更有高科技，裼土成为致富田。

又一首

春秋犁耩当手笔，田野铺开作纸张。
挥汗种诗两万首，赢得金风送我香。

磨是我家乡以前粮食加工的磨面工具，由两块尺寸相同的短圆柱石块和磨盘构成。磨盘是石制或者木制的大圆盘，上摞着磨的两扇，下扇固定在磨盘上，上扇通过下扇中心的磨脐（磨轴：一铁轴）紧紧地与下扇对齐合拢。磨两扇接触面上都錾有排列整齐的磨齿，依靠上扇的转动和两扇磨齿的碾磋把粮食磨碎，形成粉末，沿着磨齿向外运移。支磨的屋子叫磨屋，磨和磨盘架在用石或者砖土垒砌的台子上，磨盘半径要比磨扇的半径长 20 多厘米，磨盘伸出的圆环部分是用来接从磨扇运移出来的磨碎的粮末。磨出的粮末，磨面人还要用罗子过滤，滤下来的才是面粉，没滤下的叫粮麸，粮麸还要再上磨磨，这样要反复三四遍，要磨的粮食才算磨好。那时，拉磨的牲畜主要是驴，有时也用骡子。还有一段时间，驴骡不够用，生产队规定：用人推。

石磨记

阴阳搓合数千年，石磨伴随时代转。
常思少年磨面难，味道有苦也有甜。
队里当年六盘磨，抓阄抽号大循环。
无奈磨牲少且羸，儿拉绳套父推杆。
漫说农家千般累，世代艰辛乃自然。
如今磨已作古董，科技助农大发展。

又一首

石磨磨面日日推，自古转到有面机。
阵阵碎粉腰缝出，千年农稼史常忆。

太平车，我的家乡习惯地称其为“大车”“牛车”，是从古代沿袭下来的一种古旧车辆。史料记载，太平车最早出现在宋代，北宋张择端的《清明上河图》中就描绘有几辆用两匹或四匹健骡拉的太平车。其车因滚动平稳而得名。太平车呈长方形，长约 2 米，宽约 1.5 米，车身四周木板被铁铆和木楔固定。车的两侧各有两个木轮子，每个轮子的直径约 80 厘米，均有一段段的弓形厚铁瓦围镶着轮边，两边的车帮是双粗木，双帮的纵底木之间卡着车轮的铁质横轴。太平车是由人或者牲畜拉着行进，牲畜拉的时候，把套挂在车头的铁鼻上，车头是一根 2 米长的粗方木；人拉时，在车头两边各拴一条大绠，二三十个男女劳力把各自的拉绳系在大绠上，沿着大绠两两一排依次排开。行进方向由人在车后调整，叫作“圆车”。车一般行进速度很慢，且十分平稳，载重量大，村里人用它拉运庄稼、土、肥，上粮站交公粮等。1969 年冬的一天，生产队也是套上两匹马，赶着大车上公社把上海“上山下乡”知识青年接到村里来的。太平车曾长期作为我家乡的一种重要运输工具，直至 20 世纪 70 年代，还被生产队不断使用，随着更便捷的车辆出现，太平车渐渐退出了农业运输的历史舞台，走进了展览馆。

大车忆

往日家乡太平车，运输沿用几千年。
车厢内帮接外帮，四个轱辘铁瓦圈。
壮汉援车作舵轮，把式催马高扬鞭。
春种套牛运肥料，夏天饮马拉秸秆。
秋收浅唱丰收歌，冬日高吟卖粮棉。
接客迎亲当作轿，喜载新娘车不颠。
今作观赏入史册，品车甚比品当年。

牛拖车是农业生产中的小型运输工具，由两底、四肢、六个掌和头构成。两底是两个平行的滑板，由前后两端两个掌支撑；四肢是四根半米高平行竖起来的方木棍，下端分别插在两底的两端，中间由掌四围两两固定；头是一根粗木，穿在两滑板的前端，中间向后镶个桷。牛拖车是皖北农村一种畜力运输工具，宛如东北的爬犁，可在泥泞土路上或冰雪路上行走。我对牛拖车的记忆深刻，不单是因为我青少年时期在家乡农业生产劳动中与其建立的感情，还由于一次我的亲人回到家得了急病，急需到医院医治，又赶在风雨交加的恶劣天气，大车、架车等家里仅有的交通工具都难以用上，是家人赶着牛拖车，在泥泞中跋涉三里多路，送上公共汽车赶往医院才得以抢救治疗的，这加深了我对牛和牛拖车的感情和记忆。

牛拖车

身由纵横掌撑起，能爬坡洼驶泞泥。
两底相隔一米距，底两端翘中着地。
拖车靠底拖地行，两牲拉着载耙犁。
也曾泥水驮架车，送我亲人去急医。

镰是收割庄稼和割草的农具，由刀片和木把构成。刀片铁制，呈月牙状，叫镰刀头，里边是锋利的刀口，外沿是刀背；木把呈略弯弧形，一端粗一端细，粗的一端是把柄，横截面呈方形，细的一端上圆下平，镰刀头固定在细的一端的下平面上。

镰刀颂

木制弧曲把，刀片月牙弯。

身为“7”字状，农具叫作镰。

秋季收豆荞，夏季割麦田。

还和锤一起，镶嵌党徽间。

人民公社时期，以生产队为独立核算单位，农民生活所需食油都是自给自足，生产队自产的棉籽打成油是社员食油的主要渠道。

我家乡村子中央有个油坊，村里人称其碾屋。它是1970年老大队分家时，用扒藕池北的大仓库分得的砖、瓦、棒盖起来的。共三间，西边两间是碾房，东边一间是榨房。

碾房里用砖垒砌了一个大圆槽，深约50厘米，宽约30厘米，用石头铺的底。槽里有两个4米长的粗木杠，从中心穿过直径1.6米、重约200公斤的两个碾盘，粗木杠的一端固定在圆槽中心可以转动的桩柱上，另一端伸出槽外，安装上牲口拉环。圆槽前后和圈内都有宽阔的空间，是村里人小憩和休闲的场所。打碾时，把棉籽放进槽里摊匀，一个碾盘套上一头牲口，在槽外沿着圆槽拉着碾盘打圈转。碾好了的棉糁油乎乎的，盛出来放入榨房。

榨房靠北是一台榨油机，靠南墙支了一口大地锅。榨油机机身是用铸铁打造的框架，中间是一个下垂的螺旋，螺旋底端固定一个压盘，螺旋上安装一个螺盘，通过螺盘的转动、下移，不断下压榨出油来。

打油谣

拉碾骡马铁蹄翻，籽轧成糁油黏黏。
待到上锅蒸熟后，锤实箍紧上榨盘。
十块底尖相对摞，九人吆着推螺旋。
股股碧油腰缝出，顺槽入桶流涓涓。

碾屋忙时榨油，闲时可做娱乐场所。

碾屋见闻

年前午后周大庄，碾屋里面正作场。
盲翁丝弦梆悦耳，众人听唱拉鼓腔。

如今，在淮北大地，农业种养科技含量很高，从耕种到收获全都实行了机械化，耕、种、收、运、入仓一条龙，甚至施肥、除草、打药也都是使用机械。农业上人力、畜力劳作的时代已经过去，成为历史。故有感而发：

偶　作

地皆机械耕，而且机械种。
也还机械收，总得人操纵。

第二章　高教历程

高校招收断十年，回乡务农一千天。
大地回春风乍起，高考恢复梦实现。

20 世纪 70 年代后期，“文化大革命”宣告结束，恢复高考的第一声号角，把我送出了淮北平原褐色的漠野。带着褐土地给予的足够营养，我离开了故土，走上了求学之路。

一、高考

高校招生恢复考试制度，实行“统一考试，择优录取”，取消了所有的限制条件，不论家庭，不论出身，不论社会关系，不论农村人还是城里人，也不论毕业时限，只要是高中毕业或相当于高中文化水平的青年都可以报考。只凭几张文化试卷，给所有的人以平等的机会。这对于全国青年来说，尤其是对于像我这样长期被“家庭出身”这个紧箍压在社会底层的人，不啻喜从天降。对于没有家庭背景的普通人家子弟，高考是一个找到适宜自我发展空间的绝好机会。

最早听说“大学招生要实行考试”是在 1977 年中秋节，虽带有几分喜意，却并没抱多大希望，也未怎么当真。直到 10 月中下旬的一个早晨，从广播里听到中央人民广播电台播报恢复高考的通知，心潮澎湃，万分激动，喜悦才从心底里释放出来。下面这两首诗表达了那时我的心境。

喜闻恢复高考

一九七七好运来，高校招生体制改。
阶级成分不再论，全凭考卷来决裁。
拯国救民大手笔，改革开放序幕开。
自此富强时代启，要对贫弱说拜拜。

难忘的早晨

清风徐来绿叶荡，深树鸟儿欢声唱。
湛蓝天空一片晴，肩扛抓钩①迎朝阳。
薄霜撒野颗颗珠，田亩新翻阵阵香。
最是广播送佳音，迷茫途中见光芒。

距考试只有一个多月，翻箱倒柜把几本污迹斑斑、页烂面残的课本找了出来。那时没有复习资料，也找不到老

---

① 抓钩：我家乡的一种农具，由杠和头组成。杠是长 1.23 米、截面直径约 5 厘米的木棍；头由铁打的库和圆齿组成，库和齿呈 90°角连在一起，把的一端嵌在库里，齿的另一端是尖锋。抓钩的主要作用就是靠尖利的钩尖扒地。抓钩是那个年代起红芋的重要农具。

师辅导，只有依照课本一章一节地看，做做题目。遇到不会的问题也找不到人答疑解惑，只有今天解决不了，放到明天，明天解决不了，放到后天，实在解决不了的，就放弃。几门功课这样一节一节、一章一章地往前赶。

闻考复习

寻来课本已泛黄，悄手翻展心内慌。
当初高呼反潮流，而今悔意何处藏？
灯下解题哭丧脸，书山无路意迷茫。
不是笔墨故作对，只因人书各一方。
顿足捶首豪气来，千山万壑不退堂。
寒月作砺磨一剑，明朝出鞘试锋芒。

复习的日子是艰苦的。每天从早上六点一直看书、做题到深夜，天天是在背书中睡着的。并且，我家的住房是南屋，坐南面北，一到冬天，北风呼啸，破旧的门窗又不挡风，整日对着寒风，屋内严寒彻骨。复习的日子又是幸福的。那是我懂事以后，第一次觉得命运就实实在在地掌握在自己手里。

迎考记忆

尽日伏案诵，深夜临寒风。
油阑三更睡，闻鸡灯又明。
两月苦觉甜，自握己之命。

孟冬①考日至，收笔将启程。

1977 年 12 月 10 日，是赴城赶考的日子。吃过午饭，家人和亲邻簇拥着把我送到村头，二哥骑着自行车送我去五沟②。

我坐在自行车上，一路思绪万千。自 1975 年高中毕业回乡务农以来，已历三年。一千多个日日夜夜里，与村里人一起寒耕暑耘，摸爬滚打，朝夕相处。挖河、打井、修渠，事事参与；犁耕、耙拉、耩种，样样都干；扬场、垛垛、扛粮，处处都有我的身影。滚了一身泥巴，磨了一手老茧，我的青春人生赢得了考验，我的坚强意志经得了磨炼。三年来，我尽日穷夜地劳动锻炼，双脚踏遍了村里的每一寸土地，生产队只要有活，我就出勤，无活也下地割草、打柴、拾粪，很少在家闲着，也很少赶集上市。我是在故意锻炼自己的吃苦耐劳精神，强化自己的艰苦奋斗意志，使自己完全适应农民角色。同时也是为了尽可能多挣些工分，增加家庭收入，减轻些父母的负担。再加上“家庭问题”的拖累，我在“阶级论”“血统论”的泥潭里苦苦挣扎而不得解脱，似乎只有比别人更加努力，更有吃苦耐劳和奉献精神，才能证明自己的人生价值。

---

① 孟冬：农历十月的别称。

② 五沟：我家乡公社的所在地。全公社考生先到公社集合，然后统一乘车赶往考点参加考试。

赶　考

村野积雪厚，身寒心似炙。
出门赶考去，亲邻送村口。
母知科场远，揪心泪不流。
雪后迎霁日，思绪难自收。

我们按照公社要求，到五沟拖拉机站集合。人到齐后，从站里开出两辆解放牌运输车，一溜烟把我们送出五沟。雨雪新霁，卡车迎着凛冽的寒风，从五沟沿着五（沟）临（涣）公路，过韩村，到了临涣入淮（北）阜（阳）公路，在通向县城的凹凸不平的砟子路面上奔驰。我们用大衣或被子裹着身子和头，背向着前进方向，坐在车厢里企鹅御寒式地拥挤在一起。雪远天低树、积雪碧连天的丽景此时此刻已无心欣赏，没感到怎么颠，不一会儿我们就奔到了濉溪县城。我们被安排在正建设中的濉溪县政府招待所，也就是现在的“翡翠明珠”。

又一首

时光如箭似流星，数日寒窗今启程。
风理乱发乘风去，进城赶考为圆梦。

驻地距考场两三里，早饭后我们迎着凛冽的寒风，踏着积雪，奔赴考场。进校园一看，不大的院落里站满了考生，有农民，有工人，有教师，有医生，有退伍军人，还有文艺工作者。同来赴考的有夫妻，有父子，有母女，有兄弟，有姐妹，还有师生、师徒。很多人还倚在墙根、凑在树旁抓紧最后一刻复习。

考场见闻

雪后初霁踏冰行，人头攒动考点中。
临阵默读人依树，谁肯舍弃一刻钟？
父子母女同赴试，时势轮转命同龄。
范进何曾惧皓首？考场唯闻纸笔声。

1978 年 4 月的一天早晨，邮递员骑车刚到我们村头，就大声嚷道："周贺鲁，你考上了！"随着话音，人已进了我家院子。邮递员一边扎下车子一边说："贺鲁，你的大学录取通知书下来了。"

天无绝人之路，我的大学梦终于实现了。捧着录取通知书，我心潮澎湃，激动万分。就这一张纸，使我从小立下的神圣壮志降临眼前；就这一张纸，使我恢复了青春风采，重振了为理想继续奋斗的雄心；就这一张纸，改变了我的命运，改变了我的人生轨迹，使我这个农民出身的人走进了高校。

喜收录取通知书

乍闻榜有名，恍入梦幻中。
手捧通知书，泪眼雾蒙胧。
邻里踏门至，满院祝贺声。

仰天自长叹，终圆大学梦。

1978年我实现了上大学的梦想，这是我人生道路的一个重要转折。若没有这场高考，我不知道自己会有什么样的命运，可能一辈子腿插地墒沟，在痛苦和迷茫中枉费一生。恢复高考不仅仅是我个人的机遇、幸事，更是整个国家、整个民族发达兴旺进入新时代的开始。至今要问我一生中最快乐的时光是什么，我会说："就是我收到安徽大学宿县地区师范专科班录取通知书的那一刻。"

高考感怀二首

（一）

淮北大地浍水南，穷乡农舍是家园。
父严母励师友亲，草棚绳床灯阑珊。
农村生长知疾苦，回乡落锄盼朗天。
腹有文章开考时，榜上题名喜开颜。

（二）

人间四月尽芳芬，春风轻灵暖日晖。
信笺一封传捷报，苍天果不负于人。
十年寒窗苦读写，书山有路志在勤。
求索路上更攀登，学富五车效国民。

二、离家远读

上学的前几天，家里人忙前忙后，为我准备上学的衣物。父亲上集给我买来布料、新床单，母亲为我赶做了新衣服、新被褥。一想起这些，古人的那首《游子吟》就在我心头激荡。

4 月是人间一年中最美好的时光。杏花秀丽，开满枝头，阳光明媚，把花儿衬得美艳无比；鲜红的桃花、雪白的梨花也已绽放，相映成趣；满地金灿灿的油菜花儿香飘四野，成群的蜂儿叮在花上采蜜；绿油油的小麦脱去了冬装，尽显生命的活力。人间 4 月有一种无比柔嫩喜悦的温存，它给予人以向上的希望，促使人们不断搏击、奋发、追求。1978 年的 4 月更使我终生难忘，在这个时节里，我告别家乡父老，走出家园，别乡远读，从此我的人生轨迹发生了重大变化。

四　月

阳春四月花娇艳，喜春轻灵舞着变。
才院迎朝柔风拂，霎时雨点洒在田。
读书以来路坎坷，恢复高考使梦圆。
热泪盈眶辞亲罢，和着风雨上师专。

上学那天，二哥如送我高考一样，一大早就借来一辆自行车，大家又一次簇拥着把我送到村头，我看见父母离得最远。当我坐上二哥的自行车出发时，二老跨到了前面。车子越走越远，父母和乡亲们的身影也越来越远，直至看不到了。但我知道，父亲母亲依然在村头伫立，并且已经落泪了，那是他们看到儿子圆了梦想流出的喜悦泪水，又是他们看到儿子远行落下的担忧泪水。

辞　行

远读别乡今启程，东风春日送我行。
榆钱香椿芽叶嫩，浮萍荷叶初萌生。
梨花牡丹才吐蕊，樱桃早杏恰正红。
白发暗流离别泪，兄弟姊妹依依情。
同学友邻围村口，款款勉励勤叮咛。
青骡浑似告别意，朝天嘶鸣四五声。
暗自立志发宏愿，发愤苦读学有成。
学富五车书装胸，报国效民答乡情。

二哥骑车把我送到公社拖拉机站，我搭乘拉沙子的解放牌拖拉机去了宿县。一路上颠簸起伏，深思遐想。回望来路，20多年的时光就像一场纷飞的落叶，从童年、少年，一路飘到青年；从小学、中学，经回乡务农，到参加高考，有幸参加平等竞争，日复一日，飘在岁月中，荡在生命里。一路上，一幕幕画面不停地在我脑海里来回浮现。

搭车去宿县

春晖沐桑田，浍水绿如蓝。
远读搭车去，一梦到宿县。

拖拉机把我带到宿县西关入城的路口。下了车，我提挎着大小背包，在微风的吹拂下，伴着树叶的沙沙响声，顶着几片白云，在宿县县城的大街小巷穿过。

老宿城

破壁残垣城不见，老街旧市无新颜。
膗汤包子扑鼻香，痴人亦念老宿县。

走了一个多小时，安徽大学宿县地区师范专科班才出现在眼前。一踏进学校大门，首先映入眼帘的是“热烈欢迎未来人类灵魂工程师”的巨幅标语，下面摆放着盛开的鲜花。几位早到的同学急忙帮我提包拎被，带我去报到、领物品、入寝室，到处是软言温语、欢声笑颜，使我顿失疏离陌生之感，感到无比温馨、亲近和愉悦。

入学抒怀

宿县师专应时开，学子喜从四面来。
工农商学兵齐备，叔伯兄弟成一代。
择优万骏勤奋蹄，恢复高考人心快。
堪作改革前奏曲，强国健步自此迈。

到了学校，我才真切地感觉到自己的生活发生了变化，最触动我的是我的同学以及由其共同创造的学习氛围。还没有开课，教室里就已坐满了人。这些不寻常的一代学子，他们经历过那场“浩劫”，深知青春学识和机遇的可贵，积极投入紧张的学习之中。有的复习中学数学，有的钻研高考数理化试题，还有的在预习新课。在我的记忆中，真正的读书阶段应该从1977年算起。

校园春暖

四月花红春正暖，日沐校园绿尽染。
几排教室对称落，礼堂东临图书馆。
学子四面八方来，黝黑脸膛含笑颜。
“人类灵魂工程师”，标语映入人眼帘。
何来学子临窗读？南北口音喜交谈。
教制改革风化雨，兴国强族谋策远。

恢复高考不久，我国掀起了改革开放浪潮。农村实行了家庭联产承包责任制，提倡一部分人通过劳动先富起来。一些农民先是利用农闲进城打工、做小生意，腰包鼓了起来。生意渐渐做大，当了老板，富了起来。下面这首诗是对这一改革开放成果的咏颂。

偶然作

首次入宿城，深夜细思量。

街上生意人，家里种着粮。

三、母校

安徽大学宿县地区师范专科班前身是宿县地区师范学校。始建于1949年，校名为“皖北区宿县师范学校”，1952年更名为“安徽宿县地区师范学校”，是宿县地区培养小学教师的基地，1966年被迫中断招生。“文化大革命”中后期又断断续续招收了几届工农兵学员。1977年恢复高考招收专科班。校园坐南朝北。1979年更名为“安徽师范大学宿州专科学校”，学制仍为两年。1983年2月升格为“宿州师范专科学校”，学制改为三年。2004年脱胎发展成为地方本科院校，更名为“宿州学院”。这所学校自始至终是宿县地区的最高学府。

宿地师专咏

宿师坐落三里湾，道西街东车站南。
校园花繁木荫翳，始办师专七七年。
招收学子三百人，语数理化六个班。
生源皖北四地来，安大宿地合署办。
工农商学艺医兵，求知若渴不记年。
唯恐时机再失去，萤窗雪案苦钻研。
学子珍惜光阴贵，清汤咸菜心里甜。
卷破书穷能治愚，学成报国敢为先。

四、师专岁月

进入师专，第一学期主要是对中学数学、物理、化学知识的复习，因过去中学阶段学得不够，毕业后还要到中学去教这些知识，所以打牢这方面的基础是关键。除认真完成老师布置的作业外，许多同学还通过一些途径弄来复习资料，大家争相传抄，课堂上下，尽日解算。

从第二学期开始，学习高校课程。专业课主要有数学分析、高等代数、空间解析几何、概率与数理统计等。这些课程逻辑性强，理论性高，推论严谨，又很抽象，都是新概念、新定律，公式繁杂难记，很难理解和掌握。一开始，对于老师讲的新知识，虽然表面上听懂了，却没有真正明白，正所谓知其然不知其所以然，总是感觉学到的知识不实在，但还硬着头皮跟着老师讲的进度赶，到头来，没听懂。至于做习题就更困难了，课后习题没有几题会做的。好在我有股咬定青山不放松的倔劲儿，刻苦坚持决不放弃，终于琢磨出了道理，捋出了头绪。挤时间课前预习，了解老师即将讲什么内容，相应地复习与之相关的部分，获得一个大概的印象；课堂上认真听讲，注意老师的讲解方法和思路、分析问题和解决问题的过程，记好课堂笔记；课后认真复习，把课本与笔记对照起来，逐一弄懂每一堂课所学内容的每一个环节，并把新知识与相关旧知识对接、联系起来理解掌握，有时还到图书馆查找资料并与同学一起研究探讨，弄清知识背后的信息，理解透彻之后，再做习题加以巩固。

尽管学习条件简陋、生活艰苦、任务繁重，但全班同学人人废寝忘食，个个奋发努力。

大学入学的第一堂课是入学教育，班主任向我们介绍了学校的历史、发展概况，以及我们被招来的经过，引导我们正确认识高校，适应高校生活，实现角色转变。高校的学习是一种自主学习，学什么、怎么学、学到什么程度，都由自己决定。学习不仅仅是在课堂上、教科书里，还有其他方式，如去图书馆、实验室，以及参加丰富多彩的课外活动和各类竞赛，还有聆听各类讲座、讲坛，利用与同学、老师交流的机会互相切磋等。班主任还要求我们在以后的学习过程中，除学好所设课程外，还要再学些文学知识，懂得一点文科方面的知识，也要有一些文化艺术方面的修养。这是我上高校的第一课，也是让我开窍的一课。

入学第一堂课

步入教室稍紧张，入学听课第一堂。
高校生活从此始，两载磨剑苦寒窗。
课罢人人豪气长，交谈话语映艳阳。
摩拳擦掌群情沸，春风徐徐阵阵香。

学校不但重视学生的知识学习，还重视学生的身体健康、体育锻炼，经常开展班级篮球、排球、乒乓球等球类比赛和田径比赛，每天早上第一件事就是要求各班整好队伍，伴随学校高音喇叭送来的晨曲，到大操场集体跑步晨练。

早 操

惊闻铃声忙起床，哨声如令略整装。
池旁争洗挤漱罢，疾踏晨曲奔操场。
动静结合两相宜，青年体智双增长。
渴望找回童年梦，才高知广体格棒。

我们这一代高校生都怀着对知识的饥渴，怀着忧患意识、以天下为己任的使命感，充分利用每一寸光阴，抓紧一切学习时机努力学习。下面两首诗记述了当年的学习情景。

晨 读

操罢循序进课堂，琅琅书声鸟学唱。
东窗读背法俄语，西桌诗咏明宋唐。
我学英语练发音，初如蚊困不出腔。
几天晨读苦练罢，音准发声大增长。
晨读益智记忆佳，谁不珍惜好时光？
笨鸟勤奋能补拙，生命由铁可锻钢。

晚自习

课上静听课下记，全天课程未梳理。

饭罢携手入课堂，灯下研读做练习。
是谁掩鼻偷说话？原是研解高代①题。
若是哪晚忽断电，习读借光车站里。

一天晚自习，下起了大雪，我们在教室里学习，全然不知。

雪夜归宿

人在书中游，雪在窗外飞。
相遇两不知，原来人痴醉。
归夜针刺面，方知雪拥腿。
困意随清远，今夜谁入睡？

我上的学校，虽然不出名，但在我心中是独一无二的，它使我的人生道路发生了翻天覆地的变化。在两年的读书生涯中，我总有一种如饥似渴的感觉。

校读意趣

课堂神专注，课下有争论。
闲时尽阅览，作业下力啃。
夜深归宿舍，灯灭忆诗文。
恨将两年书，揉碎一口吞。

① 高代，即高等代数。

回想当年，我一个整天与牲畜说话、与褐土打交道的地地道道的农民，走进了高校课堂。尽管生活艰苦，饭菜花样很少，早、晚餐永远是馒头、清汤、咸菜，几无变化，学习任务繁重，但我学习始终刻苦努力。之所以如此，是因为我们这些学子深知学习机会得来不易。经过“文革”和“回乡锻炼”，我们终于可以施展自己的才华，此情此景怎不令人倍感珍惜？加之学习机会稍纵即逝，更促使我们珍惜眼前的一切，自愿付出体力、脑力去学习知识以丰富和提高自己，在不断追求、探索中成长为一个真正对国家有用的人！

师专生涯吟

宿师生涯今未忘，泥腿未净进课堂。
“文革”憋得十年劲，今朝一日尽释放。
稀粥咸菜能果腹，数理解析做文章。
悬梁刺股今堪有，举日是年没觉长。

入学后，紧张的学习生活压得我们喘不过气来。国庆节一到，有种如释重负之感。三天假期，一些同学计划着畅游祖国大好河山。我因家庭经济拮据，又逢家里正忙秋收，心里惦记着家和父母。

9 月 30 日下午一上完课，我就收拾东西赶忙奔向宿县公共汽车站。到站一问，当天开往孙疃的公共汽车没有了，要乘车回家得等到第二天早上。那时还没有开通从宿县到五沟、韩村的客运线路，宿县公交通到离我家最近的点就是孙疃。回学校等到第二天吧，学校从当晚就已停火，又没有小吃铺，饭店也很少，城里只有几家国营饭店，买什么吃都得有粮票，别说没有钱，就是有钱也很少有地方能买到吃的，吃饭成了问题。于是我下定决心，不等了，步行回家吧！

宿县离我家有八九十里。起初，不知是思归心切，还是想体验一下徒步的魅力，心里很兴奋，走得很起劲。一出城，好一派田园风光，感觉一切都很新鲜，充满诗情画意。道路两边田里的棉花咧开了嘴吐着棉絮向我微笑，渐趋成熟的庄稼散发着沁人的芳香，撒满红芋片的大地在夕阳的斜照下显得那样耀眼，头上的鸟儿也在为我们加油鼓劲。走了一段路程，觉得两腿有些酸，兴奋的心情也消失了，但仍然坚持着往前走。走走歇歇，歇歇走走，过了孙疃天就黑了，地里到处都是星星点点的灯火，农民们正在抢着切、拾红芋片。过了五韩公路，就看到我队地里灯火一片，我便加快了脚步，很远就听见了熟悉的话语声，那是乡亲们在赶切红芋片，霎时亲切感扑面而来。找到家人，我忘记了疲累，放下手里的东西就干了起来。

国庆节归家

徒步赶从宿县来，归家秋收度佳节。

种薯离家收薯还，霞红日暮染遍野。

近家月落星闪闪，收薯村人正忙切。

相见母怜吾清瘦，抚慰问辛忙不迭。

看到父母疲惫散，迅疾忙开不及歇。

切好薯片回家去，娘又巧做菜两碟。
香气扑鼻家温暖，甘为家劳是情结。
国庆归家探父母，绝胜出游度佳节。

入校第一年冬至，下了一场大雪，这对于缺粮少柴的家乡来说，无疑是一场灾难。看到一片雪白的校园，风卷着雪片还在纷飞，思乡之情油然而生。

立雪思家

冬至元后风雪狂，身在学府思家乡。
为我来读置学用，仅有家底已花光。
课堂往返冒风雪，家里时应愁柴粮。
梅送香来无意赏，校门立雪向西望①。

两年的师专学习生涯很快结束。要毕业了，同学们人人笑容满面，个个欢欣鼓舞。我们满载着收获即将投入检验自己的新征程。有的记录下学习生活中发生的有纪念意义的事；有的走出校园，把宿县一些有代表性的风景拍摄下来，以示纪念，作为终生享用的一笔精神财富；还有的用卡片、笔记本互赠留言，用“快张开翱翔的翅膀，勇敢地面对未来，执着地追逐理想，去迎接美好的希望”等豪言壮语互相鼓励，互相鞭策。大家都用虔诚而快乐的心，展示真诚的自我，送出灿烂的微笑，给学业画上一个完美

① 西望：我家乡的方向。

的句号，给即将开始的事业推开一道美丽的大门。两年的同窗生活中，我们相互关心，相互帮助，取长补短，共同进步，情同手足，亲密无间。

离校那天，我怀着依依不舍的心情，默默地到学校食堂、礼堂、教室、操场转了一圈。特别是从寝室到教室的一条分隔教学区与教工住宿区的水泥小路，东西向，长不足百米，宽也就是三四米，高大茂密的古树夹道，夏日里绿荫有如穹隆一般，冬天阳光透过枝叶洒下碎影，是我们两年高校生涯最难以忘却的记忆。那天，我又一次也是在校最后一次，独自默默地在这条校道上来回走了两趟，才恋恋不舍地告别了给我知识、教我做人的母校。

离校抒怀

两载学涯别将临，人物皆生难舍心。
星藏月躲恐闻别，鸟鸣旧曲挽留人。
校园铸成儿时梦，寒灯长萦学子魂。
刚一入校暖还寒，勃勃生机处处春。
身临课堂激情奋，求知学诲北南音。
是谁弄到习题册？竞相争抄围莘莘。
乏纸何家寄方到？解题急需众人分。
墙角支杠造立体，一题牵动全班心。
个个嗜学而不厌，人人寒窗苦耕耘。
晚习关灯常亥尽，琅琅书声染清晨。
吾欲买书囊羞涩，掏腰相助惊多人。
寝室有一夜患疾，众生送医夜未寝。

冬去春来朝朝影，校道荫下步步痕。
读算苦辛置度外，装书五年喜在心。

宿州三八河，开挖于1958年。中华人民共和国成立不久，宿县南郊土地低洼，洪水泛滥，人民排水抢种，获得了丰收。随后，为防治旱涝灾害，宿县人民倾注人力、物力开挖了这条河。三八河的开挖，疏通了宿县地区的诸多河流，并且使低洼的旱地变成了水田。我在宿县师专读书时，到地区农科所帮助午收，曾在三八河河岸柳荫下乘凉。三八河两岸是富饶肥沃的田亩，登岸远眺，金黄的麦浪夹杂着绿油油的秋稼，一派丰收景象。因而，我对三八河记忆深刻。退休以后这几年，我频繁乘车来往于淮北和合肥之间，每到三八河处，总要扒窗张望，看看我心中的重要标志——三八河——的境况。

宿州三八河

宿州南郊三八河，开挖一九五八年。
河竣数水相贯通，从此不再洪泛滥。
流域面积百万亩，旱涝常灾变丰田。
读师专时援午收，曾憩乘凉此河边。
北岸杨柳争相翠，南岸大道车辆繁。
更有花草绿莹莹，河水清澈鱼可见。
三八河今移市区，高楼夹河河流断。
淤积河道常堵塞，段段黑水臭熏天。
鱼虾不生草不长，岸民宅田遭污染。

三八河淤需治理，环保民生重于山。
众期整治早启动，望河尽快清漪澜。
作为来回过路客，扒窗盼见河新颜。

第三章　履职生涯

毕业履职四十年，教书从政分两段。

先为人师十年整，纪检监察一万天。

高校生涯结束，我参加工作，走向了社会。先是十年执教，后被调入纪检监察机关工作近三十年。

走上讲台，我时时处处以高标准严格要求自己，努力提高从教素质和授业解惑水平，以无私奉献精神感染学生，以渊博的知识培养学生，以科学的方法引导学生，以真诚的爱心温暖学生，以高尚的师德影响学生，勤勤恳恳、任劳任怨，不忘初心、锐意进取，始终做到教书育人、为人师表。

在纪检监察工作岗位上，我始终坚持忠实于党的反腐倡廉大业，力学笃行，进德修业，悉心于本职工作的刻苦实践和钻研，以清清白白做事、干干净净做人为准则，以敬业、敢为、担当为典范，砥砺奋进，勇往直前，用三十余年的作为践行了党的忠诚卫士的神圣使命。

几十年来，淮北平原这片褐土给我的滋养令我受用无穷，也铸就了我终生的“土性”。无论在哪儿，人们一眼就可以认出我是淮北人。这是因为，我降生的时候，这片褐土地就给我打上了“胎记”，我的褐土铸成的肌肤、口音不可改变。这块褐土地给我铸就的魂魄，使我不论在人生旅途中遇到怎样的雷鸣电闪、暴风骤雨，面对怎样的艰难困苦、险滩绝境，都能勇往直前、义无反顾。因为，在淮北平原这块褐土地上，我经过三伏酷暑的烧冶、风雪严寒的锻打。

一、十年从教

从宿县师专毕业，正值党的十一届三中全会召开，全国吹响了改革开放、大力开展社会主义现代化建设的号角。淮北大地春风浩荡，政治解禁，文化复苏，教育备受青睐，各行各业建设、改革、发展的热潮正在掀起。在计划经济体制下，我一毕业就被濉溪县教育局招揽过来，分配到县办中学，走上了讲台。

一走上讲台，“老师”这个神圣的称呼就加在了我的身上，我一干就是十年。

初为人师

师专两载一毕业，乘着春风上讲台。
上课齐声“老师好”！兴奋自豪油然来。
从小师令我崇拜，花朵由他辛勤溉。
曾经理想是老师，初为人师却又怯。
担心课授意不足，学子纷纷意见来。

默默立下耕耘志，倾心将苗育成才。
刻苦钻研洒热血，传习授业尽黑白。
我带班级生向往，两年勤奋硕果结。

初为人师，工作条件较差，教师待遇很低，生活较为清苦。我到百善中学报到后，被安排在校园中的一间单人宿舍居住，宿舍位于人称“工”字房的职工宿舍大院的西屋南端，由筒子屋间隔而成。不足十平方米的房间，除门之外，还有四扇窗户，光南墙就有三扇，可用“通透”来形容。南墙上的三扇窗户，两边的两扇小窗外面已用砖砌上了，里边的窗扇框残格断，玻璃零落残破，糊的几张报纸也发黄脱落耷拉着。纵横斜拉的屋梁布满了不是很高的房顶，显得随意而凌乱，为一些“家藏动物”提供了出没的活动平台，因此老鼠成灾。到了晚上，鼠儿们的嬉戏打斗使你烦躁，久不能寐。最可恨的是，它们在你的蚊帐上蹦来蹦去，还时常钻到床上。最可怕的是，房间里经常有蛇出没。一次，我在盛东西的纸箱里竟发现了一条很长的蛇皮。还有一次，晚自习后，一位同学到我宿舍来问问题，我们正全神贯注地讨论问题，忽听水桶旁有响声，回头一看，是一条盘作一盘的大蛇在戏水。我们刚一动身，棍子还未拿到手，它就迅速从床底钻入墙洞逃跑了，吓得我从此不敢再把床靠墙放。

尽管条件艰苦，待遇很低，但一看到农村孩子求知艰难的状况，一种强烈的责任感便油然而生。

初为人师难

初为人师颇艰难，各项待遇较寒酸。
每月薪水四十一，衣食住行自承担。
早晨稀饭就咸菜，中午素菜一碗端。
几人围蹲食堂旁，吃完再用馍蘸蘸。
晚上白菜萝卜汤，吃顿大米算过年。
食堂偶尔包水饺，教师职工现凑钱。
住宿条件很简陋，夏多闷热冬多寒。
“家养动物”更可恨，老鼠常往帐里钻。
蝎虫蟑螂无所惧，我舍惊见蛇一盘。
未做人师不知苦，学童只羡师尊严。
为师初品师滋味，五味杂陈心内酸。
酸甜苦辣塑人品，苦尽甘来成自然。
百倍付出做人梯，为国育才无遗憾。

在百善中学第二学期的一个周末，处理完教学事务，我们几位教职员不约而同出了学校南门，顺着学校西邻三机厂南墙边的阡陌一路漫步西行，在领略秋作物丰收在望及农民繁忙劳动的景象的同时，不经意间生出对家乡的思念。

村　行

小草阡陌径边生，信步悠悠野兴浓。
几处村农正田管，沟壑清澈倒云影。

棉田一片白茫茫，红芋秧长掩裂垄。
百亩高粱立斜阳，十顷豆绿昆在鸣。
何事使得忽惆怅？村桥勾我思乡情。

寒冬腊月，铺了雪雨，破旧的房屋又不遮风，父母还年迈多病，家人的生活使我久久放心不下，深深牵挂。

冬日思乡

隆冬风凛凛，漫天撒琼粒。
树寒稀宿鸟，校园周末寂。
雪深难辨路，打水人翼翼。
归来忽惆怅，家里怎晚炊？

隆冬的一个星期天，放学后我骑着自行车回家看望父母，途中下起了雪。初下时，雪片并不大，也不太密，如柳絮随风轻飘。随着风儿的不断劲吹，雪片越来越大，雪花越下越密，像连绵不断的帷幕，往地上直落，不一会儿，到处雪白。我未带雨雪防具，急蹬快骑跑到家，外淋内汗，浑身上下全湿透了。真如唐诗所云："日暮苍山远，天寒白屋贫。柴门闻犬吠，风雪夜归人。"晚上，一家人围坐在锅灶旁吃着母亲做的热腾腾的饭菜，拉着家常，倍感温馨。然而母亲却没在饭桌旁。一回头，看到母亲拖着疲惫的身体，满面慈祥，正在锅头灶前烤我被淋湿的衣服。顿时，一股热流涌上我的心头，迅速蔓延全身，这是母亲的爱啊！我感受到了，而且是强烈地感受到了。无论什么功名利禄，什么尊荣富贵，也比不上依偎在父母身边的那份安定，那份温暖和幸福。故而咏诗一首，感念父母。

夜　归

周末人念家，雪花风揉碎。
举步神无主，独惜慈母泪。
须臾银世界，心焦急切归。
雪幕跑单骑，白发霜染眉。
漂泊五十里，家近闻犬吠。
娘斥儿憨痴，爹举酒三杯。
亲暖更祛寒，情真无是非。
家是心的床，困顿人思归。

第二天，我穿上母亲给我烘干的衣服，早早起床，要在七点半以前赶到学校。刚一开门，北风卷着雪粒扑面而来，使我打了个寒战。当人们还在暖暖的被窝里睡得正香时，我已骑上自行车驮着背包，顶风冒雪冲出家门在大道上了。

寒风携着雪粒在冬日的清晨狂奔，四面八方只看见一条条白色的斜线，飞雪占据了世界，到处一片银白。路面上，雪被猛烈的北风刮走了，结成了冰。我的自行车在光溜溜的路面上行进。独自一人置身于茫茫雪原，迎着呼啸的北风，左拐右磨，晃来晃去，我犹如一个小动物在苍穹下艰难地蠕动。风雪不停地吼叫着，几次要把我从自行车上甩下来。露在外面没有任何遮挡、一直与风雪斗争的手、耳、鼻和面颊冻得更加厉害。寒气不住地穿透衣服向我身上直刺，落在头发、衣领上的雪从脖子钻进来，冰冷砭骨，冻得我发抖。迎面的雪粒还不住地模糊我的眼睛，使我只能眯着眼睛艰难地骑行，40 多里的路程竟跑了两个多小时，全身冻僵了，四肢麻木了。到了学校，我打了两瓶开水，泡了二十多分钟，手脚才舒缓过来。这次经历，让我感受到：生活，本就是一场搏斗。

黎明返校

一夜北风啸，开门雪尚飘。
早起悄无声，仍将父母扰。
忙起欲弄炊，婉言强谢绝。
出门打寒战，单骑冒风雪。
原野白茫茫，冰冻结大道。
孤蠕苍穹下，家乡渐迢遥。
凛风卷雪粒，刺透鞋裤袄。
一想早读课，顿时心生火。
责如泰山重，人生方如歌。
吃得人间苦，自有幸和乐。

1982 年 4 月，濉溪县教育局新一轮高中布局调整，撤销百善中学、双堆中学的高中班。百善中学高中部的学生被就近并入濉溪二中和临涣中学。暑期，教育局对百善中学教师进行了较大调整，我被调到濉溪县城郊中学。

调　离

百善执教两年整，调离通知催人行。
回见师生目含泪，一步一退眼圈红。

潍溪县城郊中学坐落在新城北郊，四周被田地包围着，学生来自于郊区，是所名副其实的城郊中学。

城郊中学记忆

东连马家小村沿，西北绵绵万亩田。
向南百米潍河路，茫茫原野落校园。
学校前身二师范，始建一九五九年。
我来县城正外扩，新城日新月异变。
更有变化是风尚，重教尊师谱新篇。
法定设立教师节，教育面貌换新颜。
教师地位大提升，讲台党员先发展。
我被首批党培养，优先成为党一员。
加入组织行为先，乐于吃苦做奉献。
家校天天跑六趟，蹚泥踏雪常夜晚。
随着改革渐深化，学校伴城常变迁。

不久校名改三中①，随后校址濉三换②。
无论学校如何变，园丁永树育人观。
以抚幼苗为天职，教育理想高于天。

雾　中

雾中散步真是奇，一石一木皆孤寂。
吾交益友数十位，今雾弥漫不见一。
彼心灵处此不解，人生就是自孑立。
孤独人不亲体验，难识人生之真谛。

1985 年中秋节是我家最为幸福的一个节日。这一年的 9 月 10 日，我们夫妇作为教师迎来了第一个自己的节日，在这个幸福的日子里，我光荣地加入了中国共产党，喜上加喜；这一年暑期，我爱人贾广英克服种种困难，通过自学考试，取得了大学文凭；这一年，我们的女儿晶晶已能利索地走路，开始学习识字，并于暑假过后进了新城幼儿园托儿班。整个节日里，全家都沉浸在欢乐喜庆之中。

① 三中：全称是“城关第三中学”。

② 濉三换：濉，指濉溪中学；三，指城关三中。根据县委县政府的决定，濉溪中学与城关三中调换校址，先行合并。1986 年 2 月 25 日，两校搬家，濉溪中学高中部搬到城关三中，城关三中初一、初二部原校不动，合在一起组成濉溪中学一部；城关三中初三部搬到原濉溪中学，濉溪中学初中部原校不动，合在一起组成濉溪中学二部。暑假后开学，县教育局宣布：濉溪中学一部即为新的“濉溪中学”，濉溪中学二部改名为“濉溪初中”。

十五赏月意趣

又是中秋庆佳节，窗前临水盏盘摆。
桂花送香饮兴长，女见玉盘要登摘。
哄曰月悬高天上，偏说明明在楼台。
只牵稚手挪挪步，月跟人走方明白。

二、咏颂老师

我从小就对老师非常崇拜，认为老师是最有知识、最有学问的人，小时候的梦想也是当老师。每当看见老师站在讲台上，那高大的身影、威风的样子，让我心生敬畏。几十位同学端端正正地坐在下面，一切都得听从老师的指令，内心里就对老师由衷羡慕。到了中学，王彦全老师上堂课上物理、下堂课又讲化学，讲授的风格抑扬顿挫，难题怪题的解答信手拈来，令我钦佩。还有许多课授得好的老师令我钦佩：杨西安老师创新教学思路，进行教学改革，引导学生上讲台，让学生自己给自己讲课，不但激发了学生学习积极性，而且培养了学生从师、爱师、敬师的品质，使我折服。几年后，我义不容辞地走上了讲台，责无旁贷地成为一名人民教师。

百善中学是我工作的开端，我对复杂社会的接触，我对社会知识的学习和积累是从这里开始的。我为从这里踏入社会而高兴，为能在交通便利的县办中学教书育人而自豪，更为作为恢复高考后第一届高校生能在改革开放的浪潮中弄潮而骄傲。

咏颂老师

教师职业光荣，教书育人心倾；
课前精心准备，爱心融化学生；
授业流利凝练，导语表述新颖；
课堂情节曲折，讲解引人入胜；
提问启发诙谐，板书字迹工整；
解惑举一反三，生动明了易懂；
剖析深入浅出，尔等学习趣浓；
结尾拓展空间，余音绕梁生成；
课后认真辅导，助学消化记清；
仪表气质端正，形象影响学生；
知识以求渊博，经验逐步富丰；
后辈心田写诗，为师其乐融融。

天净沙·咏师

教书育人传道，
言传身教结合，
态度严谨治学，
释疑解惑，
一生奉献默默。

三、职工教育

我于 1987 年 10 月到濉溪县职工教育办公室工作。职工教育办公室在濉溪县党校开办了两个职工电视中专班，调我来主要是负责管理两个班的教学事务。通过两年努力，65 名学员全都圆满完成了学业，以优异成绩顺利毕业，为濉溪县企业培养了一批精干的管理人才，有的毕业不久就走上了管理岗位。下面这首诗追述了当年电视中专教学管理之情景。

职教记

电视教学在夜晚，学员来自第一线。
课堂教学看录像，自修自学要克难。
三点一线矛盾大，昼工夜学挤时间。
师生之间交流少，授课极少面对面。
学制两年算一届，毕业再招新学员。
临阵磨刀刀亦亮，学做结合长才干。

四、纪检监察

从 1989 年 11 月被调入县监察局工作直至退休离开县纪委监察局，我身处“扬正倡廉、惩腐肃贪”前沿三十余年。三十年来，我努力用自己的实际行动诠释一名纪检监察干部对党的忠诚和对纪检监察工作的热爱。

这三十年，既是我人生的巅峰，也是我事业的终点。在这一过程中，我经历了酸甜苦辣的历练，也经历了艰难险阻的考验。坦诚一点说，我惧怕过，忧虑过，但还是凭着自己对党的事业的忠诚及对人民群众的责任感，踏平坎坷，最终实现了从自我走向忘我的转变。

我从事纪检监察工作以来，坚持用马列主义、毛泽东思想、邓小平理论、“三个代表”重要思想和科学发展观武装头脑，不断加强思想政治建设，坚定理想信念，不断提高理论素养、政治敏锐性和政治鉴别力，在大是大非问题上努力保持头脑清醒。因为这些都是我工作的根本。凭借这个根本我才可以明确指导思想，厘清工作思路，以利于开展工作，与形形色色败坏党风和党的形象的行为做有理有据有节的斗争。在市场经济、利益多元、关系复杂的条件下，我倍加珍惜自己的政治生命和人品声誉，严格要求自己，自重、自省、自警、自励，要求别人遵守的自己首先遵守，要求别人做到的自己首先做到，正所谓“己所不欲，勿施于人”。我经受了考验，顶住了歪风，抵住了诱惑，始终把踏踏实实干事、老老实实做人作为根本价值取向。下面几首小诗道出了我对纪检监察工作的点滴感悟和在反腐倡廉建设中立身处世的真实写照。

天净沙·严惩腐败

污吏弄权施谋，
受索巧取豪搜，
紧握清污铁帚。
扫除污垢，
垢涤污除民讴。

天净沙·刹公款大吃大喝不正之风

公款吃请歪风，
奢侈攀比无穷，
败坏党纪难容。
专项治整，
手持利剑严惩。

天净沙·廉洁自律

远色不赌拒贪，
粗茶淡饭香甜，
干净担当奉献。
坚守信念，
清白一世无憾。

天净沙·廉政立身

为政不忘初心，
牢记宗旨为民，

敬业忠诚本分。
廉政立身，
绝不让腐染熏。

天净沙·勤俭修身

以俭养性守操，
以静修身品高，
名利淡薄乐逍。
光明磊落，
名存青史为要。

自重、自省、自警、自励是领导干部严于律己、提高自我道德修养的法宝。学习关于“党员干部要成为好干部，就要不断地改造主观世界，加强党性修养，加强品格陶冶，时刻用党章，用共产党员标准要求自己，时刻自重、自省、自警、自励，老老实实做人，踏踏实实干事，清清白白为官”的重要论述后，我对领导干部自重、自省、自警、自励有了更新更深刻的理解。故作《自励篇》《自省篇》《自警篇》，谈感想，谈理解，并以示他人。

自励就是自我激励，挖掘内心力量，凝聚前行动力，增强自信的行为。人生在世，有鲜花掌声，也有荆棘泥泞，外在的激励虽然能起到一定的作用，但要想有所作为，主要得靠内因的决定作用，靠自我激励。可以说，自励是崇高追求的化身，是顽强意志的体现，是奋斗不息的动力。踏入社会以来，特别是纪检监察几十年的实践，使我对此认识深刻。

自励篇

打铁先得自身硬，反腐还需有内功。
党负重责莫懈怠，力戒敷衍图虚名。
纪律法规高精严，不常研读不精通。
监督检察难发力，长期探索方见功。
腐败问题难辨认，长期深入能摸清。
案件查办阻力大，最怕意志不坚定。
官名利禄难割舍，拿捏不好误终生。
金钱美女诱惑多，纸醉色迷陷泥坑。
人情面子拒绝难，方法不当众人烹。
党的利益比天大，孰轻孰重分得清。
耐得孤寂守清苦，换来风清民安宁。

自省是指自我评价、自我反省、自我调控和自我教育，是孔子提出的一种提升自我道德修养的方法，是自我意识能动性的表现。经常自省就能使自己意志坚定，有自信力，有自己的人生风格，有不断追求的兴致。在逆境中，唯有自省，才能使人深刻意识到自己的错误和不足，才能使人迷途知返，找到人生的正确方向。逆境中要自省，顺境时更要自省，在自省中总结过去，规划未来。还可以通过自省这面镜子，客观真实地认识自我，获得真正的智慧。

自省篇

落地两手空，身无半文铜。
童年无攀顾，快乐享天成。
少年不思苦，世故初启蒙。
青年铸宏愿，谁无擎天梦？
壮年各有志，成败非天定。
人在世间走，有路也有坑。
慎独戒漂浮，负重莫贪功。
权力党赋予，拥权要自重。
钱乃身外物，积多何处用？
三餐一张床，赢满无好梦。
古训色伤身，性乱无真情。
人生谁无死？撒手两空空。
党铺康庄路，慷慨任尔行。
为官夙民愿，身后留英名。

自警就是自我警醒，自我告诫，自我戒备，自我约束。当今社会，生活五光十色，环境纷繁复杂，多年的纪检监察工作和反腐倡廉实践使我体会到：作为党员干部，外部监督虽不可少，但自我警诫更为重要，提高自警意识和自警能力尤为重要。

自警篇

权力是把双刃剑，水火阴阳两重天。

一面为民谋福祉，除妖降魔保民安。
一面为党捉内鬼，公权私用属自残。
自古权钱有联姻，权为钱死钱生权。
纵说拥钱万般好，皆知钱亦双刃剑。
智者举钱成大业，庸者挥洒命不全。
为官若无大理想，钱多钱少又何干？
侥幸敛财图享乐，丢权丢官很自然。
为官用权需谨慎，莫拿公权作私权。
以史为鉴常警醒，为民用权心安然。

纪检监察干部工作接触范围广，涉及问题复杂，要使工作更好地开展，干得有成效，干得出色，就必须不断增长知识，不断提高本领、提高适应能力，就必须讲求学习，成为勤奋学习的表率，把学习作为修身养德、升华境界的根本途径，作为提升水平、增长能力的重要手段，通过博览群书以期学以正德，学以立志，学以增智，学以促廉。无论工作任务有多重，时间有多紧，都必须加强学习，坚持学用结合，做到学习工作化，工作学习化，努力提高自身政治素质和业务水平。这方面，我体会颇深，受益匪浅。

多年来，我始终把学习当作第一需要，当作工作的原动力，当作一种责任、一种追求，在不断掌握新知识、研究新问题中，积累新经验、增长新本领。

嗜读吟

嗜读不作儒生酸①，腹有才华好徭贪。

谋略筹划切实际，轻重缓急策不偏。

取证调查思路清，胸有成竹不妄言。

有书为我注神力，得心应手四十年②。

从事纪检监察工作三十年，吃了不少苦，受了不少累，遭了不少怨，但总觉得以自己的苦换来群众的甜，以自己的累换来发展的稳，以对我的怨换来濉溪的政治清明，值得！

三十年来位于反腐败斗争的前沿，责任和压力别人难以想象，有社会关注的压力，有案件突破的压力，有专项治理关键时段进展迟缓的压力，有熟人说情的压力，还有被查处人的报复和恐吓的压力。压力来临时，不论有多大，我绝不逃避、放弃，而是敢于担当，勇于承担起责任，在职责中坚持到底，在使命中一往无前。

三十年沧海桑田，三十年时光荏苒，三十年辛勤耕耘，我用自己的实际行动和对纪检监察工作的忠诚，展示了一名纪检监察工作者的真我风采。

如果要问我如何看待自己的纪检监察职业价值，我会说：我在纪检监察战线，日复一日、年复一年地付出、奉

---

① 儒生酸：腐儒的酸气。

② 四十年：我的工作年限。

献，我也日复一日、年复一年地得到、收获。我收获了知识和才干，收获了领导和同事的赞誉和认可，收获了人民群众的期待和渴望，收获了社会的信赖和尊重，更收获了纪检监察人的尊严。三十年对纪检监察工作的坚守，使我对纪检监察大业一往情深。

纪检情吟

三十年来纪检情，反腐倡廉伟业中。
纠风治乱维民利，廉洁自律警钟鸣。
驻村夜访听民诉，查案惩恶打虎蝇。
廉政教育筑防线，建章立制做保证。
重情报告①强监督，述职述廉见忠诚。
一岗双责②抓考核，监督整改倒逼功。
标本兼治重抓源，多管齐下正党风。

绝不容国利器亏

法纪人情两是非，是非面前最难为。
依从人情毁法纪，严格法纪人情吹。
纪检人，明是非，懂得啥该不该为。

---

① 重情报告：领导干部重要情况报告制度。它是领导干部廉洁自律工作重要的方式方法之一，指领导干部根据廉洁从政有关要求，定期或不定期向党组织报告个人的有关情况，接受组织和群众的监督。

② 一岗双责："一岗"，是说一个领导干部的职务所对应的岗位；"双责"，就是一个领导干部既要对所在岗位应当承担的具体业务工作负责，又要对所在岗位应当承担的党风廉政建设责任制负责。

遇有人情会抛舍，绝不容国利器亏。

花落花开，又是一年，迎来了又一清明节。携家带眷，一大早起程，冒着浓浓云雾，走进田野，来到亲人冢前，望着坟墓，惭愧内疚之心忽生，纸香一燃，顿时潸然泪下……

祭扫泪

清明雾连天，祭扫老宅南。
红燕泪中落，双膝跪坟前。
何为痛心处？多半是愧歉。
青壮爱打拼，有梦不安然。
公事倾心碎，忠孝未两全。
娘得肺痨病，儿未待床前。
昼忙正党风，夜撰廉政篇。
临终欲唤儿，气绝未闭眼。
儿至悔不及，垂手恨归晚。
爹得脑溢血，病卧两年半。
儿忙晒村务①，清房办案件。
床前无儿踪，未能陪康练。

① 晒村务：指当时在全县轰轰烈烈开展的“加强农村集体资金、资产、资源管理，推行村级事务流程化建设，建立村务监督委员会，开放式村级组织活动场所设施建设”的“阳光村务工程”建设专项工作。

兄欲唤弟归，爹拗手“摇扇”①。
回光身乍起，手指大门前②。
更有亡妻爱，终生难偿还。
外面尔应酬，内务身自担。
病痛自饮忍，直至瘤生变。
别时暖我手，嘱吾保清廉。
若非亲人助，何有吾当年？
大恩当重报，无奈烧纸钱。
阴阳两隔绝，仰天送祝愿。
他乡可孤寂，驾鹤游西天。

在职期间，我常应邀去一些单位讲廉政教育课。那时，工作较忙，没有时间悉心备课，常常是想到哪儿讲到哪儿，不够系统，也不全面，更谈不到深入。离职以后，对这些残稿进行了整理归纳，做了一次系统学习研究。通过系统学习，我进一步认识到，党员领导干部要为好官、从好政、办好事，应从下面这首《劝诫歌》中所唱的诸方面引以为戒。

劝诫歌

局外清醒局内蒙，为官更要常提醒。

---

① 爹拗手“摇扇”：父亲睡在病榻上，昏迷之中，听我哥哥说过要通知我回家，似摇扇抬手后摆，以示不要通知。

② 手指大门前：父亲弥留之际，手指大门，以示还有个儿子未到家。

善言劝慰无恶意，皆为尔等好前程。
一劝为官勤学习，更新知识再建功。
力戒自满心浮躁，夸夸其谈腹里空。
二劝为官多深入，沉到基层摸真情。
力戒应酬搞形式，弄虚作假图空名。
三劝为官莫虚伪，对党对民要忠诚。
力戒表里不如一，朝三暮四众人烹。
四劝为官莫冗政，好事快办受欢迎。
力戒拖沓推责任，偷奸耍滑坏名声。
五劝为官莫攀比，吃亏奉献也是功。
力戒信念不坚定，见人发财心不平。
六劝为官敬人才，礼贤下士好品行。
力戒骄横唯我大，妒能嫉贤心不正。
七劝为官守清廉，两袖清风身自重。
力戒公权为己用，收受贿赂兴“四风”①。
八劝为官重家教，亲属子女保廉政。
力戒权力租他用，鸡犬升天理不公。
九劝为官怀初心，继承发扬好传统。
力戒狂躁目光浅，无视先贤忘祖宗。
十劝为官敢担当，专心办好大事情。

---

① “四风”：是指一些领导机关、领导班子和领导干部中，严重存在的违背党的性质和宗旨的作风之弊、行为之垢。一是形式主义，追求形式，不重实效，图虚名，务虚功，工作不抓落实；二是官僚主义，办事推诿扯皮，效率低下，不作为，不负责任；三是享乐主义，有些领导干部安于现状，贪图安逸，缺乏忧患意识和创新精神；四是奢靡之风，铺张浪费，奢靡享乐，腐化堕落。

力戒推诿不作为，明哲保身享太平。
法纪道德吾敬畏，循规蹈矩如履冰。
摈弃杂念旁无顾，心地无私一身轻。

分管审理工作期间，一次，我带审理室的同志去一监狱找×××服刑人员进行“关于开除其党籍”的告知谈话。恰巧，正遇这位服刑人员家人探监，看到他们拥抱一团、悔恨痛苦的一幕，我对领导干部任职期间耀武扬威、弄权耍奸、违纪违法，以至于走上犯罪道路，成为阶下囚的轨迹产生感慨，故作一诗，以警后人。

囚忏录

墙高映院黑，岗密鸟不飞。
日照心不晴，夜深情未归。
权重人轻薄，囹圄堪自悲。
恨不当初时，酒淡人自醉。
椅转众仰望，桌大官自威。
车疾谁记路？西服价几百？
家饭不香口，盛宴有女陪。
公事不公办，拖延有实惠。
日有钱入账，月成大积累。
出入交际场，常有眉眼飞。

好运三五年，眨眼被“双规”[①]。
辗转心不解，吾等是何罪？
五日人似醒，骂权是祸魁。
直到法判定，才落悔恨泪。
妻女探监时，泪涌人一堆。
昂首负青天，捶胸痛自昧。
愧对父母恩，辜负党栽培。
悔不当初时，事权乱作为。
扭曲人生观，享乐恣意追。
惯于人攀比，敛财树自威。
侥幸法无网，焉知网恢恢。

一场黄粱梦，人格终回归。
若获自由身，糠菜作美味。
来生若为官，牛马当弥罪！

我在纪检监察战线工作了三十余年，用三十余年的时光践行着对党、对人民的忠诚，对事业的热爱，用持之以恒的坚守演绎着对神圣使命的不离不弃、完美爱意。如今，我已退休，离开了纪检监察工作岗位，却仍然依恋着纪检监察事业，关注反腐倡廉建设形势，对同一战壕的战友

① “双规”：出自《中国共产党纪律检查机关案件检查工作条例》中第 28 条第 1 款第 3 项，“要求有关人员在规定的时间、地点就案件所涉及的问题作出说明”，是中国共产党在进行纪律检查方面调查的一个措施。

——纪检监察同志——永怀深情厚谊，对他们所取得的优异成绩总想咏赞。

致纪检监察同志

你好啊，纪检监察同志！
这一称呼虽然缺乏诗意，
但你那为党坚守、殒身不恤的精神影响塑造着当今国人，
我要用充满诗意的语言把你赞美。

你坚定理想信念，忠于党，忠于人民，
牢牢守护着党的使命、初心。
清正廉洁，恪尽职守，做事踏踏实实，工作勤勤恳恳，
展现了纪检监察人为党为国为民无私无畏兢业干事形象，可信，可敬，可亲。

在大力加强党风廉政建设和反腐败斗争中，
你敢于担当，无限忠诚，干在实处，砥砺前行。
哪里有侵害国家、集体利益，哪里有贪赃枉法、消极怠政，
哪里就有你忙碌的身影。

反腐败斗争的实践，
使你锻炼意志，积累经验，练就一双慧眼。

在丑恶与善良、忠诚与虚伪、荆棘与禾苗、香花与毒草之间，

你能一览无余，清晰明辨。

坚定政治信仰，以身许党许国，

履职司责，时时不忘突出政治效果。

以坚如磐石的意志、抓铁有痕的决心，

深入推进反腐倡廉建设。

政治过硬，本领高强，铁骨铮铮，

在充满考验的风口浪尖，能准确地把舵引航，破浪前行。

面对翻手为云、覆手为雨、狡猾多端的腐败分子，

你不畏艰险，勇入虎穴，搏击冲锋。

那斗智斗勇的战场，没有战火、硝烟，

却是惩恶魔、反腐惩贪前沿。

你以大无畏英雄气概，老虎苍蝇一起打，毫不手软，

用忠诚和坚韧谱写的一曲曲战歌回荡在苍茫天地之间。

既然选择了纪检监察事业，就是选择了奉献、牺牲，

为了党的肌体不受病菌腐污和毒瘤侵害，深入开

展反腐斗争。

跋山涉水、欣然从命，敢打敢拼、深挖蛀虫，

以实际行动诠释了纪检监察人的担当、英勇、赤诚！

当第一抹晨曦刚出现在地平线时，

你已打开接访大门迎接来访群众，递一杯开水送上温暖。

当华灯初上，万家灯火辉映着丰盛的晚餐时，

你还在翻阅那一封封群众举报信函。

你把查处违纪违法案件作为惩治腐败最有力、最有效手段，

为了案件迅速突破，多少次放弃节假日，加班加点；

为了深挖线索，多少回放弃与亲人团聚，夜以继日，露宿风餐。

你的锲而不舍治污惩贪，有力遏制了公职队伍腐化堕落蔓延。

多少次，顶月而来，伴星而去，奔波在调查取证征程，

多少次，伏首案头，废寝忘食，凝眉审查如山的卷宗，

多少次，不徇私情，秉公执纪，顶住各方的重重

压力，

多少次，面对被查人忌恨辱骂，展现出铮铮铁骨豪情。

风雨无阻，昼夜兼程，开展监督检查，

有效推进公权力行使，公正，为民，依法。

为确保人民赋予的权力用来为人民谋幸福，

关键岗位、权力集中、资金管理环节的监督力度不断加大。

抓早抓小，层层设防，防微杜渐，

使广大党员干部违纪违法、失职渎职错误不犯、少犯。

坚持贯彻“惩前毖后，治病救人”一贯方针，

是对广大党员干部最大关心、真正爱护的切实体现。

为解决群众反映的突出问题，狠抓纠风治乱，

时刻牢记，群众利益无小事，万事民为先。

无论是寒风猎猎，还是烈日炎炎，

哪里需要，哪里就有你在听民意、解民忧、暖民心、化民怨。

时常奔波于乡陌村道，深入农村基层开展调研，

筹划切合实际的反腐谋略，制订切实可行的倡廉

方案。

坚决捍卫党和人民利益不受侵害，

提高政治站位，把准政治方向，时刻紧绷党纪国法之弦。

勇于挺身而出，忠诚履行职责使命，

担当作为，政治过硬，立场坚定。

不怕诬告陷害，不怕打击报复，

同违反党章、破坏党纪、危害党的团结统一言行做坚决斗争。

面对病榻上年迈的双亲，你无暇顾及，

即便是对儿女的思念，也只能诉说于电话里。

因为你深知“恪尽职守，无私奉献”的深切含义，

你更清楚“人民利益高于一切，肩上的责任重于泰山”的深刻道理。

你像雄鹰，练就了坚强有力的翅膀，高高展翅飞翔；

又若青松，苍翠挺拔，扎根于厚土不畏风霜；

犹如小草，不畏严寒，坚忍顽强，默默奉献；

恰似蜡梅，有不屈的品格，内在的风骨，迎风怒放。

是你时时警醒：人不能拥有腐败灵魂，狂妄堕落

葬送人生；

是你常常告诫：人要摆脱权贵的纵容，贪赃枉法断送前程；

是你反复倡导：人不能丢掉清廉作风，干净担当扭转乾坤；

是你倾情教育：人不能丢弃宗旨信念，光荣伟大虽死犹生。

有人说你是治病救人的良医，壮士断腕，刮骨疗毒，果敢刚毅，

依我说：你拯救的是腐败躯体、堕落灵魂，确为良医；

有人指责你没有人情，什么同僚面子、亲友感情，从不顾及，

我却要赞美你：这是牢记使命，坚守正义，秉公执纪。在纪律和法律面前，面子和感情会误人毁己。

你虽然没有激情的豪言壮语，

却有着坚贞不屈的赤胆忠心；

你虽然没有令人称美的财产，也没有披金戴玉的装扮，

却有着无私无畏的品行，执政为民。

在党风廉政建设和反腐败斗争前沿，你像行进在大漠的骆驼永不知倦，

你用昂扬正气的旋律，谱写了一曲没有硝烟的战歌：惩治腐败，厉俗激贪，扬正倡廉。

你拿生命维护党纪、政纪和法律尊严，

在没有硝烟的战场上，斩妖除魔，拨云驱雾，惩恶扬善。

你谨记：有案不查是失职，有乱不治伤民心，无所作为就是愧对苍天；

你深知：纪检监察事业浩瀚如海，奔流不息，却时时充满着曲折艰难。

当别人花前月下，尽享夜色温情的时候，你还在审查卷宗，挑灯夜战；

当百姓普天同庆，万家团圆的时候，你正在异乡调查取证，查办案件。

面对新时代、新任务、新挑战，与时俱进，

做到趋利避害，适时应对，思想解放，观念更新。

增强“四个意识”，坚持“四个自信”，做到“两个维护”，

把全面从严治党不断推向纵深。

反腐倡廉，崇高使命；惩贪治污，职责神圣；刚正不阿，优秀品行；守望正义，忠心赤诚；默默无闻，内在修行；坚持真理，执念一生；廉洁奉公，崭新颜容；不忘初心，牢记使命。

这就是我要赞美的纪检监察干部，我要为你歌颂！

歌颂你，我党信得过、社会离不开、群众靠得住的英雄！

咏颂纪检监察英雄，倍感无上光荣！

《联欢颂》写于2010年濉溪县纪委监察局与濉溪县房管局迎春联欢会上。

联欢颂

纪检与房产，迎春搞联欢。
竞相展才艺，吹拉唱跳弹。
抽奖热潮起，猜谜有悬念。
更有喜欢者，携亲来助演。
舞欢辞旧岁，高歌庆新年。
勤在乐中生，廉在唱中建。
笑中有教义，清风情中传。

淮北市新蔡镇塔山石榴基地原是连绵的荒山野岭，20世纪80年代末至90年代初，每年植树节，濉溪县都把那里作为县直机关义务劳动战场。上千人的劳动大军，扛镐拿锨浩浩荡荡地战斗在群山峻岭之中。如今，塔山石榴园规模宏大，不仅富了一方，而且成为淮北旅游一道亮丽的田园风景线。一走进塔山石榴园，往日的景象便在脑海浮现，不禁感慨万千。

塔山种石榴

昔日乱山岗，蒿萍不生长。
植树大军来，荒山换新装。
当年栽石榴，都说是梦想。
如今梦成真，绿翠染山梁。
五月落晚霞，榴花飘客乡。
秋来果坠枝，拥来洋客商。
籽软汁多脆，晚来无货抢。
起伏八万亩，收益富一方。

下面两首诗写在退休归家，离开县委大院之际。

离　任

履职来此三十冬，不愧苍天不负名。
国徽见我记应清，去时还似来时净。

杂　咏

人生六十岁，监察三十年。
监使吏奉公，察促政清廉。
勤奋写人生，智慧绘画板。
一甲似曲符，起伏跌宕间。

第四章　退休感怀

退休、赋闲，人生告一阶段；
轻松、顺便，办事有急有缓；
养老、休闲，待着到月来钱；
自由、舒坦，全凭自己心愿；
天南、地北，游历大好河山；
散游、观览，名胜佳境开眼；
诗歌、小说，古今名著多看；
扯淡、追忆，言行需要把关……

这是群里的一位群友发来的一个微博帖子，他用真实、质朴的语言表明我国养老机制的建立，使老人切实享受到了“老有所养、老有所为、老有所乐”的晚年生活，也道出了我的真切感受。

一、离职有感

离了岗，退了休，闲暇之时得以好好地品味人生。

退休归家

执教从政四十年，退休归来家巨变。
茅坯房院耸高楼，家乡生活用气电。
村道拓宽水泥面，轿车进家过节年。
难寻儿时玩乐处，圩场井树已不见。
一看村里大坑水，情不自禁忆旧年。
踏过去路向黄昏，只逢老幼守宅院。

离职至今已有七八年了。如今，我已习惯了自由自在的退休生活，很满意这一多姿多彩的生活。刚一退休，我就及时调整心态，迅速转换角色。坚持长期以来养成的习惯，锻炼身体；安排充分时间勤于笔耕，写日记，整理往日的笔记写心得，根据自己的记忆写人生感悟；利用闲暇、黄金时节出去旅游等等。七八年来，家庭生活更加愉悦；七八年来，我的退休生活丰富多彩；七八年来，岁月交替，年轮转换，时光流逝，苍老了容颜，但无论如何都磨灭不了我继续学习、坚持锻炼、广交益友、热爱生活、退而不休的炽热之心。

离职吟

离职唯清静，万事心放宽。
自顾寻长物，有道献政坛。
安享天伦乐，健体读诗篇。
一生坦荡荡，无欲心自安。

人的一生有辉煌的时候，但那些辉煌很快会随风而去，成为过眼烟云，不必一直对它们沾沾自喜，念念不忘；人的一生更有苦难的时候，但那些苦难是人生必修课，是人生成长的阶梯，是人生宝贵的精神财富，不能单纯地认为那是人生的不幸。人的一生每一样都配得好好的，每一种痛苦和快乐，每一种所得和所失，到了最后，仔细算一算，那个数字将会是一样的。或许有人早一点得到，有人晚一点得到，有人先失去，有人晚失去，但那个总数将会一样。一个人曾经有多少欢快，就会有多少悲伤，到了死亡，每件事都会变成一样。死亡会让一切都变得公平。死亡面前，没有富人和穷人、贵人和贱人之分，不会有人说有钱人死得比较舒服，穷人死得比较痛苦。要“看破红尘，笑对人生”，保持平和的心态，始终斗志高昂，生活态度积极乐观，正确面对现实，开心快乐，不断进取，勇于拼搏，勇往直前，以所作所为来证实自己的人生价值，这样的人生才有意义，这就是我所感知的人生真谛，也是我对几年来退休生活的感悟。

天净沙·退休感怀（三首）

（一）

进入末段里程，
发挥仅有余生，
用好黄昏时令，

辛勤笔耕，
不求任何功名。

（二）

中年步入政坛，
退休颐养天年，
写作旅游锻炼，
年轮转换，
须眉交白志远。

（三）

静心端坐窗前，
读书咏诵诗篇，
时而仰头外览，
天高云淡，
一排飞雁向南。

天净沙·人生感悟（二首）

（一）

宽容蕴含爱心，
乐为人生真谛，
高尚情操绚丽，
人生一世，
襟阔能生福气。

（二）

生活淡淡而纯，
友交淡淡情亲，
微笑淡淡甘醇，
自然其顺，
平平淡淡是真。

现代花园是一个由住宅、商家、幼托班、小学等构成的较为完整的城市社区。整个社区占地170余亩，分为春晓苑（A区）、夏青苑（D区）、秋霞苑（E区）、冬怡苑（B区）、镜湖苑（C区）和牡丹苑（F区）六个区域。园区风光旖旎，四时景物不同。春天百花盛开，繁花似锦，姹紫嫣红，春意盎然；夏天翠竹碧绿，树冠蔽天，浓荫匝地，鸣蝉噪夏；秋天红染霜叶，桂花飘香，草秀花艳，色彩斑斓；冬天雪松常绿，梅迎雪开，白果挂树，景色另类。特别是园道上的广玉兰，阳春里开着硕大的白花，花瓣形似荷花，整体又如大的茶盏，走在浓荫下清香怡人；园道上的银杏，株干是那么端直，枝条是那么蓬勃，那折扇形的叶片是那么清脆、那么莹洁、那么精巧，它那枝干挺撑在天空中的时候，夏天里为花园戴上硕大的云冠，撑出了清凉的华盖。它对寒风霜雪毫不避讳，那是多么坚挺而洒脱，它那在风雪压迫下却保持着倔强挺立的品质，使过往的人们咏叹不已。我时常临窗伏案读写，一望玻璃窗外，绿色映入眉宇，那意境颇具诗情画意，使我非常惬意。社区内有网球场、篮球场、羽毛球场以及多处健身场所等配套设施，还有多家棋牌室、酒吧、超市等。小区大门前的人民路，由于两旁坐落着市委、市政府和许多其他政府机关单位以及群体活动中心，又与东环、西环及几片市区——县城南北交通大动脉——相连，一跃成为全市地标性的人车流通大道。

温馨的家园

现代花园冬怡苑，东来紫气北依山。
电梯上下室通透，四季常春花木繁。
开阔楼间尽翠染，纵横道荫似棚伞。
园区中央落镜湖，春夏秋冬绕湖畔。
园拥超市多会所，店铺林立临医院。
公交南北东西通，生活利便好休闲。
晨练小区运动场，晚逛园道花丛间。
诵读窗前茶荫下，此苑颐养最佳选。

二、快意读写

退休之后，与住房更加亲近更加密切了。经常坐在写字台或电脑旁，望着书橱、电脑发愣。想起书里、电脑里的几千年宫廷逸事和官场旧闻新闻，看多少公侯王爷、英雄将相、才子佳人，还有不断升迁、青云直上、前途无量的佼佼者，更有那八面玲珑、处事圆滑的势利之人，在这里来也匆匆，去也匆匆。曾有多少惊天动地的作为，发表过多少慷慨激昂、震耳欲聋的宏论，现如今都不免时过境迁，归于沉寂。有的甚至走上了歧途，踏上了不归之路。留在我的书架上、存在我的电脑里的，不过是几张发黄的纸张，几行字迹模糊的铅字而已。倒是我的书橱、我的电脑，它们不仅为我珍藏了千百年已逝者的过往脚印，而且为我收储了眼前耳畔亲历的人人事事，发人深省，给我启迪。我的居所、我的书橱、我的电脑，这里无所不有。长期以来，我的藏书就像是我的朋友，我虽然对它们并不是每一本都认识，它们中的每一本却都认识我。我一到书橱前，书们立即全都活跃起来，我仿佛能听到它们向我问好的声音，仿佛能看到它们向我招手的情景。

书是获取知识的渠道、提高人素质的有效途径，也是涵养静气的摇篮。读书可以欣赏到不同的风景，使人灵魂欢畅，精神饱满丰盈。

自由时间一充足，所读之书也较为广泛。有党史、军史、战争史，有健康、旅游、中外名胜荟萃，也有唐诗、宋词、古今名著，还有名人传记、革命先驱的英勇事迹，古今志士仁人的爱国情怀、奋斗历程等等。

读《二战史》，我进一步了解了二战爆发的原因、经过和结局以及产生的影响。关于二战的书，我细读了《第三帝国的兴亡》《二战全史》和《第二次世界大战史》等著作以及《关于纪念世界反法西斯战争胜利》等文章。

第二次世界大战是人类历史上规模最大的战争，是以代表垄断资本利益的希特勒为首的德意志帝国和以墨索里尼为首的追求所谓人类“最高统治权”的意大利帝国，以及以征服中国继而控制亚洲最终争霸世界为目标的日本帝国等几个法西斯国家，对其他民族进行侵略和掠夺而发动的战争。这次大战是世界爱好和平与正义的国家和人民同人类文明的凶残敌人的一场殊死搏斗。战火遍及亚洲、欧洲、非洲、大洋洲，八十多个国家和地区约二十亿人口被卷入战争中。

这一次大战以侵略者彻底失败而告终。世界反法西斯战争的胜利，壮大了进步力量，彻底摧毁了世界法西斯的反动势力，推动了殖民地、附属国为争取国家独立、民族解放的斗争，广泛传播了自由、民主、平等、公正、和平的基本价值，对人类文明产生了巨大、持久的影响。

《二战史》读感

闲来潜心读“二战”，往时硝烟浮眼前。
战祸殃及四大洲，军民伤亡九千万。
生灵涂炭十二亿，三千万众失家园。
百国联盟抗侵寇，奋勇拼杀浴血战。
捍卫正义驱恶魔，消灭敌匪葬战犯。
战火熄去七十年，殖民体系被砸烂。
民族独立得解放，和平带来大发展。
永远铭记二战史，不使悲剧再上演。

中国人民抗日战争是中华民族历史上最伟大的卫国战

争，是中国人民反抗日本帝国主义侵略的正义战争，是世界反法西斯战争的重要组成部分，也是中国近代以来抗击外敌入侵第一次取得完全胜利的民族解放战争。

抗日战争期间，中国始终存在着两个战场，即中国共产党领导的敌后战场和国民党主导的正面战场。正面战场爆发了淞沪会战、江阴保卫战、徐州战场和武汉会战等，有力地阻止、打击了日本侵略者的疯狂进攻。中国共产党领导人民军队深入敌后，放手发动群众，广泛开展地道战、地雷战、麻雀战、围困战等各种形式的游击战争，取得了反“扫荡”、反“清乡”、平型关大捷、百团大战等战斗战役的阶段性胜利，形成了人民战争的汪洋大海。两党在战略上相互配合，最终取得了战争的完全胜利，迫使日本侵略者无条件投降。

七七感怀

七七事变国沦陷，日寇侵凌凶暴残。
淫掠烧杀恶作尽，千万生灵遭涂炭。
哀鸿遍野尸横流，万众九州怒火燃。
敌忾同仇求生存，对外一致弃前嫌。
为救国民献力量，聚力凝心抗敌顽。
地道游击显智慧，敌后武工寇丧胆。
平型关役鼓士气，台儿庄争惊地天。
布阵百团打声威，昆仑关战苦攻坚。
无数先烈抛头颅，热血洒写拯国篇。
鏖战多年震寰宇，倭寇毙命赴黄泉。

沉下心来读党史，我更加清楚地了解了中国共产党诞生的时代背景，以及在艰难困苦的环境下，在同国内外敌人斗争中成长、发展、壮大的曲折历程。中华人民共和国成立后，中国共产党又带领全国各族人民走上社会主义建设的伟大征程。一百多年来，经过革命、建设、改革，中国共产党不断发展壮大，已由成立之初只有几十名党员发展为今天拥有八千多万名党员的执政大党。

再学党史，我深深认识到，党的历史不只是总结昨天的记录，更是使我们作为这个党的成员明白要把握今天、创造明天。我更了解了，中国共产党怎样把马克思主义与中国实际和时代特征相结合，提出社会主义革命、建设与改革开放的理论、路线、方针和政策。

学习党史，牢记党的优良传统，使我这个退了休的老人在富裕中安享退休生活的同时，也不忘记坚持和发扬简朴勤奋的优良传统，身体力行并教育子女抵制拜金主义、享乐主义和奢侈之风。

咏党史

中共①诞生南湖船，鲜红旗帜绣斧镰。
斧头呐喊劈乌云，镰刀斩割旧锁链。
马列主义指方向，共产党人冲在前。
领导人民求解放，革命重任担在肩。

---

① 中共：中国共产党的简称。

神州大地风云起，星星之火势燎原。
鲜血使得党懂知，枪杆里面出政权。
南昌起义枪一响，武装反抗战火燃。
秋收时节建红军，民主革命展新篇。
敌强迫上井冈山，保存力量图发展。
建立革命根据地，与反动派巧周旋。
党的支部建在连，党领导军谋高远。
坚持斗争闯新路，村包围城夺政权。
打倒土豪分田地，土地革命潮涌翻。
红色区域大发展，闽西赣南连成片。
废除封建剥削制，第一红色政权诞。
面对数倍敌围“剿”，灵活战术胜仗连。
不怕牺牲信念坚，苏区精神惊地天。
蒋匪除异心不死，“剿共”再出兵百万。
四面围困根据地，企图就此一举“歼”。
这时“左”倾执掌权，不切实际枉冒险。
使得红军遭惨败，战略转移求生还。
前有堵截后追击，伤亡殆尽湘江岸。
遵义会议挽狂澜，党向成熟出幼年。
四渡赤水出奇兵，长征史上光彩篇。
乌江天险重飞渡，兵临贵阳逼云南。
调虎离山袭金沙，红军成功脱恶险。
前后相牵步履艰，野菜充饥草御寒。
蹚过沼泽爬雪山，革命理想高于天。
红军长征震寰宇，一路播种一路战。

两年三军大会师，长征胜利落脚延。
自己动手大生产，独领陕北一片天。
八年抗战血与火，国共两党释前嫌。
徐州武汉大会战，国家军队做骨干。
地道破袭死围困，游击出奇敌丧胆。
正面敌后相配合，人民战争创奇观。
解放战火燃三年，步枪赤膊小米饭。
辽沈战后围平津，淮海战役打围歼。
党挥雄师过大江，蒋家王朝逃台湾。
中华儿女得解放，是党搭救出深渊。
扬眉吐气挺脊梁，精神面貌一焕然。
亿万民众扫文盲，城乡普办识字班。
人民当家做主人，维护独立谋发展。
抗美援朝保和平，中国声威震宇寰。
武汉南京江桥建，打出大庆大油田。
自力更生苦求索，衣衫褴褛造两弹①。
远洋巨轮万吨级，蹲茅坑发射火箭。
虽有失误几出现，党靠自身纠差偏。
党的三中全会上，掀起改革开放篇。
农业承包责联产，企有经营自主权。
高考激发读书热，科学迎来艳阳天。
敞开国门面世界，科技引领宏图展。

① 两弹：指原子弹和氢弹。1964 年 10 月 16 日中国第一颗原子弹爆炸成功，1967 年 6 月 17 日中国第一颗氢弹爆炸成功，中国的“两弹”是 20 世纪下半叶中华民族创建的辉煌伟业。

自造航母已下水，百年梦想终实现。

嫦娥揽月登云霄，蛟龙捉鳖万丈渊。

神舟飞船上九天，南水北调史无前。

港澳回归雪耻辱，北京奥运成功办。

高铁绵延四万里，百城建通地铁线。

大数据，云计算，高新科技大发展。

国力增强入世贸，世博园搬黄浦岸。

抗击“非典”泥石流，再打新冠肺炎战。

硕果累累惊世人，无一不是党总揽。

如今中华贫脱去，全面小康已实现。

展望未来程似锦，复兴路上勇往前。

四十多年前，我国实行了改革开放，从此打开了中国与世界沟通的大门。从那一刻开始，中国人民以一往无前的进取精神和波澜壮阔的创新实践，谱写了中华民族自强不息、顽强奋进的壮丽史诗，社会主义中国的面貌发生了深刻变化。而今，中华大地一派欣欣向荣、莺歌燕舞、鸟语花香的美好景象，人民安居乐业、幸福安康。工作期间，我就爱学习有关改革开放的报道文章。退休之后，我依然关心我国的改革开放大业，喜爱学习有关改革开放的著作、专论，时常被改革开放带来的重大变化所震撼，对改革开放取得的成就欢欣鼓舞。

读《红楼梦》，使我领略了旷世之作经典之文的惊人魅力。产生于18世纪的伟大古典小说《红楼梦》是人类文化发展史上的奇迹，它以一家人的日常生活为题材，将大量笔墨倾注于贾府中人的衣食住行和婚丧嫁娶上，整个故事的主要内容都在日常生活的层面上展开，取得了巨大的文学成就。该书被公认为代表了中国小说最高创作水准，是具有世界影响力的作品、举世公认的中国古典小说巅峰之作、中国封建社会的百科全书、传统文化的集大成者。两百多年来，《红楼梦》以其璀璨的思想光芒和不可抗拒的艺术魅力，超越古今时空，穿越不同时代读者的心灵，让一代又一代读者为之倾倒，产生了越来越广泛的影响。

《红楼梦》读感

巨作心酸泪哭成，构思奇妙心血倾。
佛儒道易神文化，曲赋诗词谜里融。
揭露当朝文狡狯，伤时骂世语巧精。
文体小说诗韵味，阅尽卷合余香萦。

我离了岗退了休后，有了自己支配的时间，有了时间读自己想读爱读的书，读书的兴致高涨。

《红楼梦》中太虚幻境薄命司里的正册记录的金陵 12 个冠首女子，被作者誉为“金陵十二钗”。金陵十二钗人人美丽多姿、俊俏妩媚，个个个性鲜明、才华横溢、形象丰满，都是《红楼梦》中的重要人物。她们人生短暂，遭遇悲惨：黛玉为情魂归，宝钗悲在礼教，元春英年薨逝，探春和番远嫁，湘云夫亡孀居，妙玉遭劫被污，迎春夫欺故世，惜春出家为尼，熙凤哭向金陵，巧姐被亲拐卖，可卿悬梁自尽，李纨的人生竟如槁木死灰。她们的悲剧是封建末世的礼教、制度、文化和伦理道德带来的习惯心理和思维定式造成的，她们在书中的角色，演绎了封建末世一个家族的虚伪、麻木、腐朽、败落、不可救药的故事。

咏金陵十二钗

饶有兴读《红楼梦》，字里行间看世情。
红颜胜人十二钗，薄命多因末世生。
文思敏捷才出众，容美姿妍可倾城。
为情暗自常悲泣，泪尽呜呼他婚中。
遵规守矩堪为典，从礼合节自修成。
金玉良缘终身误，枉结夫妻徒虚名。
贤德聪慧获晋封，豪门鲜花着锦盛。
可怜夭亡荣华短，府失庇荫大厦倾。
志向高远甚精明，理事治家人中凤。
堪叹庶出命已薄，更怜漂洋泣涕行。
英豪阔大量宽宏，父母疼爱尝未曾。
婚姻美满堪恨短，幸福一时苦一生。
风姿绝代文极通，品位高雅孤洁性。
因病修行求救赎，栊翠败落陷淖中。
机关算尽太聪明，裙钗齐家逞英雄。
胳膊折了袖里藏，巨星陨落一场空。
狠爹包办难违命，富婿原来是奸凶。

结缡[1]遣罪仅年余，侯门闺秀失倩影。
芳园金碧写新缯，身量未足天资颖。
勘破三春弃尘世，缁衣古佛卧青灯。
家破人散各奔腾，势败是亲摺火坑。
幸而有母偶施舍，巧遇恩人获新生。
善德贤惠守妇道，课子侍娣见妇功。
领社监吟有夙才，嫠妇孤守苦熬中。
风流月貌自生成，炫耀拿捏受宠幸。
滥情祸根滋情孽，终究乃因情丧命。
形象丰满诸金钗，闪耀红楼世界中。
所展崇学扬善美，一读眼界一提升。

窗读自得[2]

年高犹好学，无人解其心。
虚怀无大志，知浅不高论。
领悟释心结，无欲享天伦。
愈老愈知趣，释然[3]健体魂。

书是生产者通过丰富的精神活动、物质活动及一系列生产关系所创造的以物质为载体的精神文化产品。读书不仅能增加一个人的阅历，还可以提高一个人的精神境界和

---

① 结缡：古时指女子出嫁。

② 自得：自己感到得意和舒适。

③ 释然：以前没有深入了解的知识经过系统的学习后有了全面掌握，加之疑虑、嫌隙等消释，因而心中平静。

道德修养。

读书意趣

闲时无聊忙日烦，不忙不闲勤阅览。
唐诗宋词怡情志，汉史明政镜可鉴。
偶尔丈笔抒胸襟，纯属雅兴随意编。
唯纵词句寻自我，不授他人心自宽。

读书、写作能给人以知识，给人以智慧，给人以快乐，给人以希望。

咏　读

离岗归家两鬓花，闲来自悦读窗下。
虽然神思多迟钝，灵感来时也潇洒。
时常笔运入梦境，胸次舒展精神佳。
老有活水源远流，逐时新似东风花。

读书可以滋润心灵、开启心智、增长知识、充实生活、丰富精神，使人明辨是非，时时闪烁着生命的光辉。

读之感

离岗谢公务，高斋潜心读。
历览千载书，上下观今古。
合分书有著，起伏千万途。
遇欣自愉悦，亦发鼓与呼。

虽曰不很朽，把书眼竟疲。
临文神智足，掩卷若无迹。
倦极度门去，荫下展肢体。
俯默圣人语，适其自得意。
读到会心处，胸无一点尘。
老亦活水流，尚需逐时新。
坚持窗前读，史集再思寻。
书史足自慰，棋牌不悦心。

退休几年来的潜心阅读，不但使我对之前知之皮毛、糊涂疑惑、想学而未得学、想知而未得知的知识，有了系统的学习、全面的了解、较为完整的认知，还让我学到了许多感兴趣的新知识，了解了没有到过的新天地。

老有所为

孟夏草木长，中秋飘桂香。
蝶舞花丛中，鸟藏深树唱。
前年搬新宅，电梯载下上。
退休犹爱读，电脑著文章。
新老友常至，欢言酌酒香。
紫气东方来，微风送清凉。
广览诗词曲，纵观史汉唐。
俯仰花园里，老来快意享。

读写趣乐无穷，书香熏染人生。

老有所乐

每日晨练罢，悠然入书厅。

书柜一开启，书我又相逢。

本本皆老友，卷卷是故朋。

与书每相亲，乐暨益无穷。

读书的作用关键在影响人、塑造人，特别是年届花甲之人，退休在家，通过阅读，认清自己，调整好心态，发挥余热，过好余生，清醒地活着。

天净沙·咏学

阅读使人完美，

交谈使人清晰，

动脑勤思问题。

不拘形式，

学习终身有益。

读书不仅能学得新知，而且能让人心里平静。

读写歌

吟咏笔耕当颐养，读文写作日寻常。

累读尝昔学不足，把捻白须铸能量。

电脑指节不听念，昼夜仅得几十行。

心神游移书中归，不计诗词三五章。

读书学习就是与智者对话，与古人交流，是陶冶情操的良药，是净化心灵的法宝，是人类生活中不可或缺的重要组成部分。

学路坎坷读不辍

吾性犹好学，年少学坎坷。
读至四年级，全国闹“文革”。
老师去集训，学校便停课。
归从父母耕，力所能及作。
翌年方复课，无书读报多。
毕业升初中，一室三届合。
读背“老三篇”，墙报写一摞。
高中遭审查，胸内窝怒火。
复习再续读，焉知一年过？
有幸读高中，招制推改考。
读至高二时，学农常停课。
大地是讲堂，视野好开阔。
读书过两年，毕业离开校。
回乡当农民，忙里学不辍。
恰恰高考复，有幸进高校。
理想心炙灼，昼夜书读破。
两年知颇丰，书籍装一箩。
师专夯实基，终身受益多。
老仍把书卷，尚弄笔纸墨。

眼力虽已疲，心意仍燃火。

读写苦未晚，能量再传播。

书籍是一泓浸润人心的清泉，唯有潺潺不绝，才能使人心胸豁达，目光高远。退休之后，多了到街巷书屋和新华书店选购书的机会，自己喜爱的书品数量也丰富了起来，因而读书兴趣更为浓厚。

买书藏书

闲情逸致偏爱读，驻足街巷觅书屋。

巡购中外今古籍，弥志释疑通心途。

虽无孟德①老骥志，但愿余生不自辜。

藏得杂书千百卷，着意铺延人生路。

退休后的这段时间里，我除了读书之外，还勤于笔耕，潜心写作，于2016年创作完成了20万字的长篇励志小说《破土而生》，2018年9月出版。该书把我人生中亲身经历目睹并在当时当地触动我心灵的人和事记录下来，使我的亲友、与我接触过的人，以及翻过我这部作品的人，对那个年代的风土人情有了进一步的了解和认知。所写的都是一些小事、陈事、琐事，然而小中见大，陈中有鲜，琐细中见精神，平凡中有真意。目的是想把我的人生历程尽可能真实地描绘出来，不管多么不全，不管怎样地挂一漏万，

① 孟德：曹操，字孟德，三国时期政治家、军事家、文学家。

也不管我的笔墨多么拙笨，使看到这部书的人能从中得到一点儿启发，从中悟出、领略一些有用的东西。

我写这部作品，可能有人说我过于怀旧。我认为，怀旧是有人情味的一种表现，怀旧能净化人的灵魂，怀旧能使人在惆怅中感到幸福，在苦涩中感到甜美，在成功中感到前路的坎坷，始终激励自己不懈努力。

开始写作，不曾想过要出版，只是想写个手抄，自看自赏，最多在家人中传阅。然而一写，不是想象中的那么简单。今天写一段，按照自己的口味改得好好的，完满了，工工整整地抄在本子上，明天一看，不行，不是字、词用得不理想，就是想说的没有写尽写到位，或者发现了错误，就得修改，改后重抄。过两天再看，还不称心，还有不足之处。本子写了改，改了撕，迟迟定不了稿，干脆挪至电脑上写，在电脑上改。

曾几何时，单位要求机关办文电脑化。开始，每个科室配备一台电脑，要求全员学习使用。接受新事物有一个循序渐进的过程。学电脑，并不是一件容易的事，键盘上的几十个字母、符号要记不用说，就是机体的其他部件及其功能也要熟记、掌握，才能便于应用。起初，我觉着自己一把年纪了，学电脑、用电脑，叫他们年轻人去做好了，与我似乎关联不大了。我只是心里这样想，由于单位要求全员学，就不好这样说。单位为了激励大家学习电脑，多次请来电脑专业操作人员来单位讲课，还开展学电脑用电脑心得讲演、电脑打字比赛等活动。一时间，激发了大家学习电脑的热情，我也来了兴趣。首先，从认识电脑的部件开始，认识了解了电脑的主机、显示屏、键盘和鼠标等主要部件的功能、作用及使用方法。汉字输入法，专业人员只给我们介绍了“搜狗”“微软”和“五笔”三种方法，还给我们印发了三种汉字输入法的使用介绍，并编了几句简单易懂易记的口诀。我的汉语拼音基础较好，就选择了学习使用微软拼音法。初学很生疏，眼睁睁地盯住键盘上的一个字母，还按错，是常有的事；手指倔倔巴巴，显得很僵硬。过了一段时间，按错字母键的情况大大减少，手指也变得灵活，较听使唤了，还能用“复制”“删除”“剪辑”和选择“字体”和“字号”，在电脑上写文了。用电脑写文，改稿就避免了誊抄，节省了时间、笔力。定稿后打印出来，字迹工工整整，稿件干干净净，篇幅不长的稿件使人看了感到很舒心，比手写的送阅件好得多，从而提高了我对学电脑用电脑的兴趣。

在机关普及电脑办公时学的一点儿打字知识，还真的用到了。用来还真是方便，看到不顺眼、不合适的地方，想去去，想添添，想调调，想换换，不用涂，也不用抹了。

你还别说，在电脑上写作，随着一字字的出现，思路开阔，想象丰富了起来。潦潦草草三五百字的随笔，上了电脑，就能扩展为八九百字，甚至一千多字的稿件来。打着，思着，增加着，思路一打开，“货”就滚滚来。

由于电脑学得不咋的，我在写作中感到了很大的痛苦和烦恼。开始，“保存”意识差，打好了就关机，再打开时就少了很多的内容。一次，打着打着突然停电了，半天白打，一点儿没存上。由于电脑老化，打着打着出故障是常有的事。我的两个孩子对电脑操作很熟练，一出故障，就得叫她们来修，就要耽搁很长时间，影响写作进度不说，还经常影响她们工作。有一次打好之后去保存，不知触动了哪个键，文章没有了，丢失了，怎么也找不到了。叫孩子过来修复，修了半天，找到了一个月前的底稿，少了一两万字，气得我差点儿发了疯，食欲困意全无，不写了，撂掉它。气缓过来又一想，都写这么长时间这么多内容了，丢掉太可惜。于是，找到丢弃的随笔，凭着记忆、想象，熬了三四个通宵才补上来。这一次给我的教训太深刻了，从此，每打一段，立即保存，以防丢失。

我自认为写出的东西不像精金纯玉那么珍重，也不是甘露醍醐吃了能给人很多的启发，我没有那么大的才能和本领。但是其中绝没有毒药，绝没有伪劣虚假的内容，读了之后至少能使人获得点享受，让人爱国、爱故土、爱家、爱人类，爱一切美好的东西。总之一句话，能让人在精神上有所受益。

写作，开启了我对往事的追忆。在写作过程中，与一些知识丰富的文学工作者接触、交流，请他们提意见和建议，和他们切磋创作体会，使我开阔了眼界，丰富了思想内涵，学到了新知识，也增添了我的创作激情、信心、勇气和力量。

书的出版使我感到，一个退了休的花甲老人，还是一个有用的人，还能够用手中的笔，在有生之年，发挥自己的余热，积极传播正能量，讴歌我们伟大的祖国，讴歌我们伟大的时代，为国家、社会尽微薄之力，做一个无愧于时代的退休老人。

书成有感

一书字仅二十万，日写夜赶近两年。
打磨增删十数遍，狂沙吹尽金始见。
育人存史由来久，有兴时足落笔难。
历尽艰辛书著成，满纸真情撒人间。

偶　作

总恨时日短，朝阳忽西偏。
几书欲细读，难以抽空闲。
近来为著书，经月不把盏。
故友欢聚少，组游几次免。
不论昼与夜，灵感来立撰。
时常勤动脑，身康体亦健。
虽退不能朽，白首不苦晚。
待到书著成，邀故尽情欢。

三、坚持锻炼

我从小就爱好体育运动，尤其喜欢打篮球。中小学时期参加了班级篮球队，放学后就泡在球场上。回乡务农期间，虽然整日里下田劳作，一心扑在生产劳动上，但是，打篮球的兴致没有减，心始终迷恋着打篮球。一有闲暇，就跑到庄西学校的篮球场上，不弄个汗流浃背、气喘吁吁不罢休。逢年过节，最吸引我的地方就是村子里学校的篮球场，用我母亲的话说，“球场就是你的家”。从早到晚，一打半天也不知累。时常玩得忘了回家吃饭，家里人来叫才依依不舍地离开。进入宿县师专，虽然喜欢篮球的心志未减，也是班级的篮球队员，参加过几次班级篮球赛，但求学之心更上一层，还有生活上的困难等原因，使得我无法常泡在球场上。

走上工作岗位之后，我对篮球运动才得以倾心投入。既不要为球的来源发愁，也不要为打球会增加食量，还要洗澡洗衣服等担忧。在百善中学，我不但组织起了教工篮球队，还利用课余时间给学生篮球队当过教练。到了城郊中学，我更成了学校教工篮球队的主力。下午放了学，就与学生队较量。还经常走出去，到友好单位去打比赛。多次参加县教育局、县体育局、县总工会联合举办的全县职工篮球赛和县教育系统篮球赛。然而，在职期间，一门心思都在工作上，尽管有条件参加篮球运动锻炼，但多是在工作之余，早上是很难有时间去打篮球的。

早起打篮球无忧无虑是在离岗退休之后。退休在家，自己可以支配、能够支配的时间多了，就有了充足的时间做自己想做而之前没有时间做的事情。早起打篮球锻炼的爱好就又拾了起来。

咏晨练

钟鸣早起踏朝晖，楼外黄鹂鸣柳脆。

箭穿枫荫不自抑，入道才知是尾随。
两三结伴谈亦笑，更有妪翁相逐追。
南侧乐声伴太极，开弓舞剑相助威。
北边羽毛球如虹，攻守厮杀针锋对。
篮球场地引人目，青壮老少混杂队。
老小力薄不示弱，未知终场谁夺魁。
梦中哪知晨练好，心悦体健寿相随。

之所以移居现代花园，就是因为这里有篮球场的吸引，有其他锻炼身体、休闲娱乐场所。在这里居住了十多年，不论刮风下雨，还是寒冬酷暑，锻炼身体始终坚持不懈，成为我每天必不可少的自然行动，乐趣无穷。

三伏夏练

三伏天无雨，炎热地灼人。
环道漫步转，球场挥汗拼。
稍息树荫下，微风沁脾心。
片刻再上场，暑中乃健身。

一夜风雨交加，清晨起床开窗一看，雨住了，心里乐滋滋的。背着球下了楼，出门一看，满地水渍，球场还能打吗？在门口踌躇了一会儿，想玩的心思一涌，不由得迈步走向球场。到那里一看，几位球友不约而同地先后赶来。

雨中趣练

夜雨沙沙朝略停，绿树挥洒摇清风。
门前驻足何处练？索性球场释心性。
地湿球滑身溅水，笑傻四位白头翁。
神清气爽新感觉，酷似八仙舞蛟龙。

坚持早起锻炼，丰富了退休生活，日子过得充实、紧凑、快乐、向上，不但精神愉快、心情舒畅，而且少得疾病、利于健康、益寿延年。年老有一个健康的身体，既减少了他人的负担，也使自己生活得有质量。

锻炼受益

苍松玉柏叶常青，古树枝柯有韧性。
年已黄昏夕阳下，何来清晨朝霞红？
写读使得心年少，持之锻炼身似童。
并非苍天赐恩典，快乐健身延寿程。

早上一块儿打篮球的，有二十多岁三十多岁的青年，也有四十多岁五十多岁的中年人，还有接近退休的初老年人，我们几位退了休的老人在篮球场上算是年龄较大的。年龄比我大的还有七十余岁的古稀老人，年龄最大的是位年已八十有余的耄耋老人，我们中有机关干部、国企人员、教师、医生、司机、私营企业主、个体老板等等，来自五湖四海，各行各业。这样一个由不同年龄、不同性格、不同行业的人构成的群体，在球场上拼拼抢抢、争争夺夺、蹦蹦跳跳、说说笑笑、欢欢乐乐、热热闹闹。间歇之时，拉拉家长里短，说说市县形势，谈谈趣事奇闻，既解了闷、开了心、娱了乐，也结了朋、交了友，还疏松了筋骨、锻炼了身体。

晨练感怀

秋冬春夏早六点，球场环道晨锻炼。
展臂舒胸活筋骨，跑道小踮四五圈。
八人对抗打半场，入场方知身力短。
球场拼搏势锐减，闪转腾挪步伐慢。
防守很难再盖帽，进攻容易被抢断。
运球转身人迟钝，上篮突破逊于前。
技巧失常路数少，争夺力弱难占先。
反跑过人敏捷失，远投时常三不沾①。
明知无进仍坚持，管他夏暑与冬寒。
不图球技有长进，但求身骨仍康健。

新世纪初，坐落于淮北市区的现代花园小区，篮球场安装了一副简易钢构木板篮球架，十多年的日晒雨淋球砸，已使它坏损倾斜变形。由于小区内外不同年龄的篮球爱好者甚多，周围近处又没有球场，所以虽然球架变了形，可

① 三不沾：指打篮球时，球投得不沾篮板、不沾篮圈、不沾篮网。

也只得将就着用。平时玩球的人不少，一到星期天、节假日，来打球的人不计其数。李总搬到小区后，慷慨解囊，花费两万多元人民币，从淮北体育器材销售公司买来副钢化玻璃篮板国际标准篮球架，于2016年国庆节前夕在现代花园篮球场安装起来。崭新的篮球架使整个球场面貌焕然一新，受到园区男女老幼的赞誉，得到园区内外篮球爱好者的夸奖。一到双休日、小长假，来园区打球的络绎不绝。有了新的高档次的篮球架，篮球场上人人精神焕发、眉开眼笑，上篮投球精神饱满丰盈，力量倍增。

赞李总①

来自乡间企业家，凭借智勇闯天下。
有成不敢忘回报，肯心行善传为佳。
扶倾济弱心虔诚，仗义疏财襟豁达。
大善小善举百千，施惠发慈义无价。
才入现代花园住，见球篮残环歪斜。
好善乐施心乍起，国标②翌日运到家。
场顿生辉园增彩，男女老幼众口夸。
行好心灵变高尚，从善人格得升华。

① 李总：李秀中。淮北市濉溪县韩村镇人，淮北市知名企业家，濉溪县卓有成效的创业者。

② 国标：国家标准篮球架。

四、善结益友

朋友是彼此有交情的人。人生在世，离不了朋友，少不了朋友的友谊和支持。

我年轻的时候，就喜好交朋结友。那个时候所谓的朋友，就是兴趣相投的几个穷小子，经常一起交心、学习、谈理想、话前途、拉家常、互通情况。大家没有什么物质条件，甚至很少一起吃顿便饭，更没有物质利益上的交易、所求。贫困之交，情真意切。

参加工作之后，相知相惜的几位同事互相走动，时常欢聚，碰杯把盏，久而久之，感情加深，友谊增进，成为朋友。

年老易思故。离岗、退休后，清闲了，年轻时的那一片热情和友谊时刻占据着我的心，曾经那份炽热情感、贫交情谊成了我退下来闲暇时的念想。通过多种渠道联系，想方设法交往。退休以后，在篮球场上锻炼时和写作出书过程中，又结交了一些新朋友。有人说人生得一知己足矣，我得到好多知己，生活过得非常滋润。有一首歌写得很好："千里难寻是朋友，朋友多了路好走，以诚相见心诚相待，让我们从此是朋友。千金难买是朋友，朋友多了春长留，以心相许心灵相通，让我们永远是朋友。结识新朋友，不忘老朋友，多少新朋友，变成老朋友。天高地也厚，山高水长流，愿我们到处都有好朋友……"唱出了广交真朋益友的真意和快慰。我与朋友相交是君子之交，靠的是赤诚知心。在与朋友结交之中，不但丰富了退休生活，增加了生活的乐趣，还学到了很多新知识，懂得了更多道理，升华了思想，开阔了眼界，排解了孤寂，丰富了人生。

交友吟咏

生平喜交友，深知十数人。
情亲无心忌，岁久情意真。
隔日不见面，通话闻声音。
每念尔笑语，增次相思心。
回乡为农时，择交同岁邻。
聚处谈理想，情似脚手亲。
交流增见解，拉话排寂闷。
没烟且无茶，心近感情真。
是年任教时，校友认家门。
畅谈授课经，兴致斟小饮。
老友常相聚，新邻似家人。
惺惺惜惺惺，知己义断金。
履职四十年，益友够一群。
空闲通电话，有事拜家门。
从政不忘旧，当权有初心。
工作讲原则，生活重亲情。
年节归故里，逐家慰亲邻。
身退情无休，老友牵梦魂。
无事宽心径，有召速来临。
老来心不旷，情真意挚纯。

友情无限好，协力享天伦。

杂　咏

今年为著书，日日熬夜苦。
梦乡灵感来，开灯理思路。
晨练精力亏，也难去旅游。
最憾交友稀，经月不饮酒。
待我书成后，斟酒呼益友。
雅兴论友道，倾心快意吐。

五、名胜旅游

旅游是我离职后设定的主要活动事项之一。要真正地过好离职退居生活，以求得少留遗憾，不留遗憾。趁着还能“心血来潮”，有点“想起一出是一出”的激情，没有去过又很想去观光的地方趁早去，该办想办的事情抓紧办，以快乐为标准随心所欲。

几年来，马不停蹄，游历了中华大地的许多秀山丽水、名胜古迹。领略了雄、奇、幽、奥、险的秀山美质，它们如坐、如立、如卧、如飞，各展神姿；江、河、湖、瀑、泉的丽水姿态，湍急、舒缓、曲折、浩荡、雄浑、柔媚，各富神韵；玲珑曲幽的园林、夜半钟声的寒山寺、明月夜二十四桥、天地合一雄伟建筑的孔府孔庙、蓝顶红墙的山林古刹等，每每游后归来都有说不尽、道不完的美丽和风流。旅游之中，看风景，品美食，住宾馆，赏民俗，听故事，有时还乘机穿越云层俯瞰云海，次次使我欢快无穷、喜悦和幸福无尽。

旅游，增加了我对祖国地理环境的了解。南国气候温润，山水秀明，园林玲珑曲幽；北国风物壮丽而冷峻，到白山黑水，观赏价值最大的就在一个“冬”字，而冬之灵魂，又全在一个“雪”字上。哈尔滨的冰雕、太阳岛的雪景等，享誉海内外，让世人叹为观止；西南的巴山蜀水，秀丽、奇崛；西北的黄土高原起伏，戈壁瀚海苍茫，沿阳关古道、丝绸之路，观长河落日，聆大漠驼铃，听不完的故事，看不尽的胜景；海南的海滩、华北中原的古城和古刹风景秀丽，气候宜人，都是理想的旅游去处。

旅游，使我认知了风景名胜与中华历史文化的渊源。你看那蓝顶红墙并配以黄琉璃瓦的山林古刹，黄瓦粉墙、汉白玉基座映衬着蓝天的皇家宫殿，灰瓦灰墙的私家园林、庭院，每一处都渗透着古代建筑“天地合一”的哲学意识。无论道教或佛教，都以山林为依托，文人和僧道几乎是同时走入深山幽谷。宗教和文学的悟性，在大自然里获得发酵、升华，同时又给大自然注入无限的灵气。中国文学与风景名胜亲密无间，文学不仅构成名胜的文化背景，而且还直接进入风景的结构——园林建筑，同风景融为一体，精彩的联语、题句，足以让湖山增辉，游人忘情。我到过许多佛教、道教圣地，走进不少中外寺院庙宇，但我不是佛、道信徒，从来不信奉宗教。我尊重世界上一切正大光明的宗教信徒，也尊重他们的宗教。

旅游，带给了我对风景古迹的欣赏。不论是境内旅游还是出境观光，沿途欣赏风景，听听鸟叫虫鸣，看看青山白云，都能激发我的活力，扩大我的视野，无形中使我感受到了大自然美的气息。在观览秀景奇观之外，尤其寻访名胜古迹，能引发我的思古之幽情，让我如置身古代，回到过去，亲身体验和了解当年的荣耀和文明。

旅游，不仅使我亲眼观察到美丽的自然和人文景观，还使我锻炼身体，放松身心，洗涤心境，广交朋友，感悟人生。同时，亲身体验了各地不同的民风民俗，知道了典故和逸闻逸事，让我开阔眼界，增长知识和见闻。每一次旅游，都能给我带来新的感受、美的享受。无论多么疲惫，一旦走出家门，登上旅途，那江上的清风、山中的明月、美丽的风景，依然会使我感觉新鲜、轻松，充满诗意和浪漫。

（一）北京、承德游

去北京、承德旅游是我离岗退居“二线”，工作交妥不久，第一次与家人一起开启的家庭旅游。近午我们从滁州乘高铁 G36 出发北上。乘惯了普通客列，特别是以前晃悠得叫你心都能飞出列车窗外的“淮北到蚌埠”的慢车，高铁以每小时三百多公里的速度风驰电掣、冲霾破雾，显得神秘，使人向往。这是我第一次乘高铁，心里非常激动，一切都显得特别新奇。新建的高铁站气派宏伟，站前广场绿意盎然，候车室的座椅漂亮整洁，候车大厅上方高大的显示屏滚动播放着路过该站的各次列车始发站、到达该站和终点站的时间。过了安检，走上站台，看到一辆辆来到这里有停也有不停的“和谐”号高铁动车组，对于马上就要乘坐“陆地上的飞机”，心里的兴奋劲油然而生。随着“从上海到北京方向的G36次列车将要到站，服务人员做好接车准备”的喇叭播报，一辆从远方疾驶而来的高铁渐渐减速慢行，到我们身边停了下来，我们排着队依次上了车。

一踏进车厢，豪华、整洁、舒适的车内装饰和靓丽俊秀、热情周到的列车服务小姐使人心旷神怡，每个人（包括儿童）都有自己的座位和安装在前排座椅上能自由收放的小桌，车厢内电子显示屏上不停地滚动显示着列车运行速度、车内温度和车外温度，让我在行驶途中不断地感受到每小时三百多公里的列车飞驰的速度，也使我坐在列车内感觉仿佛在沙发上观看变换的三维电影。一片片农田林木，一个个隧道桥梁，一处处河流山冈，一座座城市村庄，一闪一闪，统统被甩到车厢后方，随着列车风驰电掣地行驶，一路上车窗外美丽疾变的无限风光映入眼帘。

咏乘高铁（二首）

（一）

一条巨龙从远方飞奔而来，
缓驶站台线位停下车门开，
走入车厢才落座车又启动，
“和谐”号在大地上冲云破霾。

突奔向前飞一般令人神奇，
沿轨道风驰电掣追风逐日，
似银龙地平线上疯狂奔腾，
宁静山乡焕发了勃勃生机。
银灰车厢体现着时代脚步，
电子屏上显示着车速温度，
敞亮使你感受到高铁舒适，
尽情享受着车上微笑服务。
车厢里无论移动还是走步，
平稳让你觉不着车有速度，
仿佛在沙发上看三维电视，
车厢外美丽景色动人楚楚。
块块农田道道山岭座座村，
个个隧道条条河流片片林，
时空缩短城市变成了近邻，
腾飞神话成为现实只有今。
高铁彰显了我国路建伟绩，
“和谐”号给我留下深刻记忆。
一路看一路想我无限感慨，
开创辉煌靠的是高新科技。

（二）

风驰电掣呼啸冲，逐日追风势如虹。
蛟龙飞腾穿洞涧，临窗览外三维影。
转眼济南飞黄河，谈笑之间入京城。

传说“千里马蹄疾”，怎比“和谐”[①] 这条龙？

伟大、美丽的首都，享誉海内外的天安门，使人心驰神往，从小就渴望一见。下午四时到达北京，稍息片刻，我们便乘车上天安门广场游览。

我们从广场西南角的地下通道进入天安门广场。一进通道，人潮涌动，川流不息。来到广场，游人如织，黑压压的，布满了整个广场。有走一处导游讲一处的旅游团，也有带着孩子、牵扶着老人的家庭团，还有情投意合自由结合携手来游的散客。有拍照的，有远眺的，有说笑的，有讲有听的，有边走边看的，还有驻足细览的。

第一次来到儿时耳熟能详、仰慕已久的首都北京天安门，看到广场与周边的建筑又是那样高大雄伟，我心潮澎湃。成千上万的游人集聚在这儿，蓝眼睛、黄头发，各种肤色，说着不同的语言，穿着各式各样的服装，佩戴着各类名贵的金银玉器，摆弄着各种姿势，这本身就是一道亮丽的风景线，令人眼花缭乱。我也不知道怎么游览是好，便顺着广场转了一圈。

天安门广场北自长安街，南到正阳门，长 880 米；东到国家博物馆，西至人民大会堂，宽 500 米，占地 44 万平方米，是当今世界上最宏大的城市中心广场。天安门广场中央有着高高飘扬的五星红旗、巍峨的人民英雄纪念碑、庄严肃穆的毛主席纪念堂和高大典雅的正阳门城楼，宏伟

---

① “和谐”：指“和谐”号高速列车。

的古今建筑群，自北而南坐落在一条中轴线上，整个广场构成一幅气势磅礴、无比壮观的动人画卷。

天安门广场游感（二首）

（一）

宏伟磅礴的天安门广场，
坐落在人民共和国心脏，
这里是游人会聚之胜地，
气势恢宏浩瀚深邃无疆。
南端前门箭楼古朴巍峨，
北座城楼国徽醒目辉煌，
东览博物馆拥国宝荟萃，
西落人民会堂国是共商。
金水河碧流缓缓微波荡漾，
广场上五星红旗高高飘扬，
英雄纪念碑秀丽肃穆庄严，
主席纪念堂游人争相瞻仰。
游人川流不息布满广场，
蓝眼睛黄头发各式服装，
万分激动我无心去拍照，
漫步广场感悟国家盛昌。
中国人民从此站起来了，
又似听到这音回响激荡，
睡醒的雄狮舒展了胸臆，

英雄的人民挺直了脊梁。
今天时代车轮滚滚向前，
科技引领深化改革开放，
全国各族人民齐心协力，
奔腾在中国梦的大道上。

（二）

伟阔广场中华窗，游人处处瞩目赏。
纪念碑前群翘首，肃穆景仰纪念堂。
五星红旗迎风飘，金水河流碧波荡。
方正对称彰正气，气势磅礴显盛昌。

出了天安门广场，我们驱车来到什刹海湖畔。一眼望去，大片潋滟的湖光景致宜人，夏天的湖边，荷花盛开，清香扑鼻。我们租了一艘游艇，在湖里游荡了大约一小时，观赏着湖景，听着导游讲说什刹海的景观和传说，惬意无穷。

什刹海泛舟

什刹海荷夏日风，波光粼粼荡舟行。
遥望朦胧闪塔影，古刹倒映碧湖中。
沿湖亭石花醉人，竹林青翠木葱茏。
绕岛穿荷艇漫溯，菱莲叶芳助雅兴。
正聆导游话今古，远处几点水花明。
疑是玩鱼嬉戏水，驶近才知是翁泳。

满载一船星辉归，千百灯盏街巷升。
海观萃锦意未尽，香街浅杯闻海声。

北京大观园是一座再现中国古典文学名著《红楼梦》中大观园景观的仿古园林，位于京师西南隅护城河畔，西城区南二环路北侧，原址为明清两代皇家之菜园。园里的园林建筑、山形水系、植物造景、小品点缀等均展现了《红楼梦》原著的时代风尚。

闲游北京大观园

京南二环近水边，坐落红楼大观园。
有幸今朝游此胜，大开眼界览奇观。
雅俗共赏静寓动，胜景风流别世间。
曲径清泉穿涧过，洲轩院馆花木繁。
怡红快绿阔庭院，富贵温柔香阁暖。
石头下凡入此处，瓶鼎琴剑壁中悬。
竿竿青竹欲滴翠，个个①生凉馆舍寒。
泪尽而逝来仪凤，潇湘馆里香弥漫。
仙藤芳草满净苑，绕柱垂檐萦阶盘。
粉脂魁②落蘅芜庭，纵是无情也奇妍。
秋爽斋里书卷卷，秀椅阔堂梨花案。

---

① 个个：指竹叶。竹的每枝上都是三个叶片，三个叶片组成的形状像“个”字，故曰竹叶为个个。

② 粉脂魁：指薛宝钗。《红楼梦》中薛宝钗艳冠群芳，百花丛中最富丽堂皇。魁：为首的，居第一位的。

各色宝砚数十方，三小姐处雅致馆。
繁桃秾李乱放眼，缀锦楼映紫玉兰。
贾二小姐从命嫁，蓼花菱叶依旧妍。
蓼风轩内清风寒，“度月”“穿云”门额嵌。
主人孤僻心嘴冷，“暖香坞”挂卧房檐。
稻香村舍飘杏帘，田园风光招客览。
藕榭莲池凭栏眺，犹闻史女蟹宴欢。
苇荷翠映芦雪庵，似幻群芳对诗联。
画意诗情犹似梦，神游红楼感华年。

万里长城，孩提时脑海里就已印上了它伟大的影子。读历史，知道战国时期魏惠王、燕昭王、赵武灵王都曾筑过长城，来卫国御胡。秦统一，秦始皇遣蒙恬斥逐匈奴之后，又因长城所处之处地形险要，从临洮至辽东将长城来了个大规模修筑，延袤万余里，矗立在祖国连绵的山峰上，成为文明古国的标志。来到北京，我总想去看看长城。据了解，慕田峪长城是新开发时间不长的旅游景点，这段长城保护较为完好，具有原始美，在中外享有“万里长城，慕田峪独秀”的美誉。我们决定到慕田峪长城游览观光。

翌日早饭后，我们驱车直奔慕田峪。慕田峪长城在北京市怀柔区境内，约一小时车程。下了车，曲里拐弯找到乘缆车的等候处，买了票乘上缆车，很快到了长城脚下。

慕田峪长城西接昌平区内的居庸关，东连密云县的古北口，建在外侧陡峭的崖边，依山就势，以险制厄，曲直相间，极富立体感。

我们首先登上了正关台。从正关台向前走，长城随着山势翻转，由山腰直伸山顶，在山顶立有一敌楼。接着又突然下降，翻身向下返回山腰，又骤然升起，绕了一个大弯，其形状酷似牛犄角。继续向前经过一个名叫“箭扣”的地方，两侧陡峭如削，在山头的外侧断崖绝壁上通过时用了两根铁梁担在断崖上，在上面垒砌砖石砌起墙体。长城高七八米，宽四五米，墙顶上两边都有矮墙垛口，据说是为了两边都可据敌，建筑材料以花岗条石为主。垛口呈锯齿状，射洞在垛口的下方，顶部呈弧状。嵯峨的山巅上蜿蜒千回的慕田峪长城，每隔一段就有个碉堡。站在长城上，人的精神顿时感到异常振奋，心胸也倍加开阔。在长城上仰望，看到的是穹隆似的苍天，直射而来的阳光，洒在身上，让人直想寻阴凉处。在长城上俯瞰，山下是乱石，是谷壑，是苍翠草木，远处是重叠的山峦。

徒步在长城上，耳边不时响起霹雳的冲杀声，还好像听到了孟姜女的诉泣，长城上守卫的将士，荷枪实弹，目注塞外，巍然屹立。领略了中华民族光辉灿烂的悠久历史文化和古代人民的丰功伟绩，心中油然想起了前人的那首美丽诗篇：“丛合回抱中辉凝，雾集，绛褐色交织下群峰逶迤。要掩却这古垒残基圮倾谷底，可掷不破混沌宇宙中的残粒。是战士的血迹殷斑？是‘英雄’的伟心陶铸？天风猎猎，吹起了你的裳衣，我的裳衣。倾一杯金色的酒汁向苍茫奠意，看，阴云腾飞；听，壑中回响，——在空堡上独立。哭声裂破了娇喉，砖石压折了铁臂；露骨万千人，建石几千里——山麓上的羊鸣三只两只，这难破的‘英雄’

梦谜，这不尽的生力的触击，这无从解答的天地伟奇。天风猎猎，吹醒了我们的怅思！迷茫的浩荡的世界奇迹——飞影，幻画，在眼前呈露……”站在长城之巅吟诵，观看长城这壮丽而又带有悲怆感的景色，心中波涛翻滚。

从长城下来，觉得自己的气质有了提升，心胸也跟着宽阔了，身体也感到结实了很多，谈吐的境界也旷达了起来，连灵魂都显得更加高贵。在前人诗作的感召下，对这一世界奇迹，对我国劳动人民的智慧的结晶，感慨良多……

游长城

万里起伏傍崇山，蜿蜒千姿似龙盘。

西起临洮望儿嘴，飞奔浩海舔狂澜。

断崖绝壁铁梁横，险矗碉堡塞筑关。

秦皇明祖今何在？唯有风骨世代传。

又一首

秋阳正当空，乘缆上长城。

远看峦起舞，峰岭亘巨龙。

古柏满山塞，吐艳百花浓。

铁梁担断壁，残垣见古风。

为拒蕃戎①越，扼险筑长城。

万里连天际，耗费万民生。

黄尘荡今古，抵挡乃策穷。

---

① 蕃戎：吐蕃、戎狄，指当时我国北方的匈奴等少数民族。

大略雄才帝，恩威使相融。

慕田峪长城自东南向西北在崇山峻岭之间蜿蜒，始建于北齐年间，历来为京师要塞之一。城墙盘亘于险峰翠峦之中，墙体高大，碉堡密集，视野开阔，风光绝美。

正关台是慕田峪关的别称，由三座空心敌楼构成，通连并矗，两侧楼较小，中间楼较大。关长 40 米，宽 30 米，高 20 米，分为上下两层，关门不设在正中，而是在关台东侧，进出关台是两侧敌楼设门。从关门下到底层的楼梯很陡。三座敌楼底层相通，有室多间，是昔时用以屯粮、屯兵之处。三座敌楼上有三座望亭。

慕田峪长城

崇山峻岭气如虹，慕田峪关眺巨龙。

蜿蜒起伏数百里，横亘入海拒蕃戎。

正关台下列兵阵，风中犹飘呐喊声。

昔日长城戮战多，万千白骨乱蒿蓬。

天净沙·长城

断崖绝壁峻岭，

遥望崇山龙腾，

挺起民族脊梁。

侧耳倾听，

乃我中华脉动。

到了承德，正赶上“鼎盛王朝康熙大典”大型户外实景演出。我们下榻于避暑山庄景区旁的月牙城宾馆的“绮望楼”。放下行李，到街上找个餐馆赶忙吃了晚饭，便赶往承德市双滦区天宝山文化产业园观看演出。

户外实景演出，就是把舞台搬到开阔的大自然中，以自然景观为情景，结合现代化声、光、电等高科技手段，大规模的演员阵容，华丽的舞美设计，通过真情实景来演绎具有当地特色的地域文化，展现灵动的地域风情。

这是我国首创的大型演出，也是全球首部以皇家文化为主题，演绎康熙大帝传奇经历的实景演出。整场演出以承德独特的自然元素和人文元素为创作基础，汲取康乾盛世时期的历史脉络与皇家文化元素，使观众在高科技舞台效果的感染下，在激动的心情中，穿越百年历史时空，真实体验康熙大帝从修建避暑山庄到确立中华版图的宏大历史故事，感受康熙大帝胸怀天下、憧憬江南、兴致勃发的人文情怀，领略康熙大帝在避暑山庄山水宜人的意境中所做的昌盛图强的帝国之梦。

全剧分为《序：逐鹿》《天问》《天籁》《天命》《天下》《尾声：满汉全席》。整个剧场以元宝山为背景，背依元宝山独具特色的丹霞地貌景观及周围的山脉走势，以元宝山最具特色的七千平方米左右的山地区域为演出剧场。元宝山壮美瑰丽的奇峰险壑、空中的雾岚飞烟、山上的林木花草以及壮美的山石崖壁，都成为实景演出剧场的构成元素。

七千平方米左右的山地全景剧场中，搭建了两千多平方米的美景艺术舞台，安装了体积庞大的舞台机械设备，百余个灯光景片，借助现代高科技声、光、电系统的渲染，打造了一个奇幻多姿、唯美奢华、空前壮观的艺术舞台，给我们以巨大的视觉冲击，达到了震撼观众的舞台效果。

避暑山庄，又叫承德离宫，或称热河行宫，在河北省承德市区北部。这里群山环抱，地势高峻，气候宜人，是清代皇家夏日避暑并会见边疆少数民族王室、首领之地。山庄背山面湖，山峦起伏，宫殿亭榭掩映，风光旖旎，集中了我国南北方园林建筑布局的特点，成为我国各地胜地的缩影。避暑山庄与北京颐和园、苏州拙政园、留园并称为我国的四大名园。

咏游避暑山庄

车轮滚滚至承德，漫游山庄觅景色。
苍松繁花蝶引路，烟波白云莺唱歌。
山抱水绕护仙境，奇石碧草扮热河。
林殿川山巧布局，先宗何来智慧多？

避暑山庄恢宏大气，分为宫殿区、湖区、平原区和山区。山区在山庄西北部，面积约占整个景区八成，区内群山环绕，一片翠绿。远看山峦起伏，近看沟壑纵深，还有众多楼堂殿阁、寺庙点缀其间，景色宜人。

避暑山庄山区游记

观览车绕山道行，穿过一峰又一峰。
远眺山峦藏寺庙，近瞧沟壑卧楼厅。
翠绿掩映催人醉，上有莺雀树荫鸣。
帝王智思安逸处，今人也恋古风情。

游览车把我们拉到山庄西北端的一座峰顶，这里有一段城墙似的围墙，是一处景观。登上围墙远眺，山庄外群岭起伏，翠绿掩映，层峦叠嶂，是领略塞外风情的最佳景点。

山庄城上观感

山庄城上放望眼，几处寺宇藏翠山。
诚信徒拜外八庙，普宁寺里抽卦签。
松涛拥簇喇嘛塔，香烟袅袅驱邪念。
几片白云山间绕，塞外风情别样天。

普宁寺建于乾隆二十年（1755 年），从一定意义上说是“乾隆平准战争纪念碑”。1755 年，趁准格尔汗国连年内战之机，清廷发动了平准战争，一举荡平了与清廷对抗了七十余年的准格尔部，新疆全境纳入清朝版图，清朝进入极盛时代。为了庆祝战争的胜利，也为了促进各族人民大团结大融合，乾隆皇帝于这年十月在避暑山庄大飨参加平叛有功将士，并决定以西藏三摩耶庙之式建寺，给这座寺御题为“普宁”，就是希望天下安宁，以便长久统治。

这天一大早，我们来到普宁寺。从寺院大门（山门）经过天王殿、大雄宝殿以及两侧的钟楼、鼓楼和东西配殿，来到寺院中间的广场，这是普宁寺的前半部分，为汉地寺院的“七堂（一般以山门殿、天王殿、大雄宝殿为中轴线，左右对称建有钟楼、鼓楼、东西配殿）伽蓝（寺庙）”式布局。后半部分为藏式建筑，以大乘之阁为中心，周围环列着许多藏式雕房、建筑物“红台”“白台”以及四座白色喇嘛塔。两种不同风格的建筑融为一体，布局严谨，使得整个寺院雄伟壮观，极具特色，实属罕见。

寺院后半部分主体建筑大乘之阁内供奉的是一尊金漆木雕千手千眼观音菩萨。据介绍，观音菩萨雕塑高22.28米，重达110吨，用木材120立方米，由椴、榆、松、柏和杉五种木材制成。观音菩萨塑像容颜端正，三目含慈。面部有三只眼，表示回知过去，见知现在，预知未来。它胸前有合十双手，左右还各有20只手，每只手上各有一眼，一共42只手和40只眼。根据佛经上讲，每只手和每只眼掌管25种因果报应，故称为千手千眼观音菩萨。

咏承德普宁寺

苍柏葱茏映粉墙，皇家庙宇尽辉煌。
宝殿顶置镏金塔，重檐歇山琉璃黄。
香鼎烟绕烧红尘，僧敲木鱼早课忙。
汉式寺前藏式后，极具特色气势磅。
摩天净宇大乘阁，仰看观音面慈祥。

手眼盈千肃妖魔，普度众生①客供香。

从普宁寺出来，我们赶往普陀宗乘之庙。过了五龙桥，跨过狮子沟，便到了庙前广场。广场两边古木葱郁，首先映入眼帘的是白塔式的庙宇山门。山门由藏式城台及汉式庑殿组合而成，正中的拱门上面有“普陀宗乘之庙”石匾，是乾隆皇帝的御题。进了山门往前，看到的第一个景点是碑亭。碑亭内并排耸立着三座方形石碑，中间一座碑上刻的是《普陀宗乘之庙碑记》，记述建庙背景及过程，东边的为《土尔扈特全部归顺记》，西边的为《优恤土尔扈特部众记》，记述厄鲁特蒙左土尔扈特部回归祖国过程及清廷抚恤该部的情况，在碑的四面上分别以汉、满、蒙、藏四种文字记载。

普陀宗乘之庙的主体建筑是寺院北部耸立的大红台，通高 43 米，共七层。一至四层为实心，均置盲窗，五至七层为楼阁，四面合围，亦称群楼。群楼东侧横额为“庋经之阁”，意思是收藏经文的殿阁；西侧横额是“大乘妙峰”，意思是佛居圣地；南部横额为“秘密胜境”，意思是传授密法的道场；北部横额是“极乐世界”，意思是阿弥陀佛居住的地方。各个殿阁内都供奉着不同的佛像。群楼空井中心是一宏伟建筑“万法归一”殿，方七间，重檐攒尖，上覆镏金铜瓦，四脊饰波纹，法铃宝顶，金光闪闪，富丽堂皇。迎门摆着珐琅菩提塔，中置紫檀佛龛，内供弥

① 普度众生：比喻广济一切芸芸众生，救人脱离苦难。

勒佛。东西两侧置紫檀寿字塔，靠北置屏风，屏风前供释迦牟尼。

普陀宗乘之庙是藏传佛教风格建筑，仿西藏拉萨布达拉宫建筑格局，俗称“小布达拉宫”。“普陀宗乘”是藏语“布达拉”的汉译，意为讲经说法的道场。整个寺庙，殿堂楼宇星罗棋布，依山面水，巧妙利用地势和景物衬托，布局自然，灵活变幻，庄严肃穆。

小布达拉宫游记

普陀宗乘木葱茏，依山傍水气势宏。
藏式城台落汉宇，塔门劲吹藏域风。
圣地列列幡旗飘，经桶转过听诵经。
方碑高耸文四刻，载述扈特归清廷。
雄浑红台入云端，逐层升拔耀长空。
石砌蹬道二百阶，顶日带孙喜攀登。
高端殿宇藏瑰宝，脊饰镏波檐系铃。
楼堂星罗阁棋布，佛寺气魄数宗乘。

（二）泰国游

泰国的全称是“泰王国”，旧时叫作“暹罗”，是君主立宪制国家。泰国属于热带季风气候，终年炎热。全年明显分为三个季节：2 月下旬至 5 月中旬气温最高，是夏季，也被称为泰国的“热季”，平均温度 32~38 摄氏度；5 月下旬至 10 月是雨季，这段时间集中了泰国全年 85%的雨量，午后经常会有倾盆暴雨；11 月至翌年 2 月中旬是干季，平均温度在 19~26 摄氏度，也被称为泰国的“凉季”，雨水较少，温度降低，是泰国较为适宜旅游的佳季。

我们是 2013 年新年伊始出发的。下午两点钟，乘 OX873 客机从合肥骆岗机场起飞，飞行了四小时，下午六点到达泰国首都曼谷。一路上我好奇地倚在机窗前，俯瞰着越过的山川湖泽，远眺着茫茫天空。飞机在云层上穿行，无云时，下面的崇山峻岭、城市道路、农田森林清晰可见，尽收眼底；有云时，奇特的云海一望无际，云山、云石、云虎、云象、云马、云松千奇百怪，历历在目。从合肥到曼谷的空中行程，本身就是一道亮丽的风景线。

一出机场，泰国美女就迎上来给我们献花，祝福我们来泰开心、欢乐、愉快，并合影留念。

泰国被誉为“佛教之国”“黄袍佛国”，名副其实。不单因为佛教是泰国的国教，而且泰国信仰佛教人员占全国人口 90%以上。佛教已经融入泰国人的骨血之中，无论是泰国的风俗习惯、文化艺术，还是建筑风格，无不透露着佛性。泰国人的身体里，滴淌着佛性的血液，他们的佛教信仰似乎与生俱来。一踏进泰国，就会感受到一股浓烈的宗教气氛。从都市到乡村，到处是寺庙，遍地是和尚，满目橘黄色的袈裟，涌动在城乡的大街小道。与泰国人接触，可以看到几乎人人脖子上都挂着制作精致的佛像。

泰国被誉为“佛教之国”，还体现在建造佛寺的投入上。泰国佛寺外观造型宏伟壮观，殿宇金碧辉煌、耀眼夺目，建筑装饰精巧卓绝，并有奇世瑰宝、惊世之作加以装点。曼谷皇宫内的玉佛寺里的玉佛，高 66 厘米，宽 48 厘米，由一整块碧玉雕刻而成，玉佛前代表泰国一世皇、二世皇的两尊佛像，每尊所用的黄金重量达 38 公斤。芭达雅最大的释迦牟尼雕像，是就着山形剖开一面山，削平山面，依山用 4 吨黄金刻的一座大佛，打坐的佛像慈眉善目，数里之外都能清楚地看到坐在莲花座上的佛像金身，还在金佛胸口藏了 7 颗价值连城的各色宝石。泰国还被誉为“水果王国”和“大象之国”。

按全球气候分类，泰国是一个热带国家，由于这个原因，泰国人拥有热情好客的性格，又由于宗教信仰，泰国人待人友善、真诚、守信。接待我们一行的泰国导游是位四十多岁的男士，汉语说得一般，听力一般。为接待我们，他自租了一辆皇家车队五十余座的豪华旅游大巴，就载着我们十多人旅游多天。我问他：“为什么不再找个旅游团拼车？大半辆车空着，这样有点浪费，你挣不了多少钱。”他说：“我们这里旅游，只要接了团，无论几个人，都是一带到底，没有拼团意识、习惯。”这位导游的确很真诚，也很实在，你对他诚，他就对你敬。我们一行有位南京的游客，在上海宝钢工作，带着老婆陪岳父来泰游玩。他较为世故、圆滑，头两天折腾得导游好不厉害，在用人民币兑换泰币以及一些消费方面还想占点导游的便宜，两天一过，导游就对他不耐烦了，不肯再搭理他。我们是真诚实在，在换泰币及消费方面，零头我们就不要了。导游带我们去购物，说是皇家的商场，但货真价实，价廉物美，我和爱人买了各种物品，这位朴实的导游从此对我们就另眼相看，特别热情，回来的机票，单单挑了两张最佳座位的给了我们。

几天的泰国之旅，观赏了异国的山水宫寺，了解了异域的风土人情，有感而发，诌诗《泰国游记》一首，以作纪念。

泰国游记

新年过后泰国游，半日飞越两季候。
在皖冰封雪覆地，入泰日炎颈汗流。
漫步沙滩放望眼，喜乘大象乐悠悠。
碧绿椰林掩古刹，信徒默念阿弥咒。
异国佳丽面含笑，迎宾待客礼数周。
千般风情人向往，别有洞天心际留。

到泰国第二天下午，我们前往第二次世界大战遗址——桂河大桥——游览。桂河大桥在泰国中西部不太发达的北碧府境内，坐落在桂河上，是座铁路桥。桂河河面不是很阔，中型河流，相当于皖北的浍河。桥上铺设着火车道，轨道两旁是人行道，两边的护栏是用钢铁焊接的，很坚固。不同团的游客来到这里，三三两两慢悠悠地走在大桥上，听着导游的解说，没有过多的喧哗，似乎都在感受这座桥的沉重。

这座横跨桂河的桂河大桥，是第二次世界大战时期日本侵略军驱使盟军俘虏劳役的“杰作”。已经侵占东南亚大片土地的日本侵略者，为了取道泰国进攻缅甸、印度，决定修一条连接泰缅边境的铁路。1942 年，他们用刺刀逼迫英、美等国的盟军战俘和大批东南亚平民，在这片当时荒无人烟、气候炎热、瘴气笼罩、疟疾横行的山区日夜劳作。繁重的劳动，恶劣的环境，使修路的战俘和平民死伤过半，这条铁路被称为“死亡铁路”，名副其实。

漫游在这座用鲜血铸就的铁桥上，扶着黑漆漆的桥栏，看着桥下滚滚东逝的流水，似乎能看到枕木下一个个灵魂在痛苦地挣扎。虽然此时桂河大桥上没有了血腥之气，这条连接泰国曼谷与缅甸仰光的“死亡铁路”也已经成为一条观光路线，然而这条路上承载的历史，永为世人所铭记。

泰国桂河大桥游感

桥通泰缅运枪弹，时建当称死亡线。
四十万名从苦役，打逼累病人逝半。
犹闻水下魂呐喊，漫步桥上怒火燃。
掳掠屠杀血腥在，日本鬼子罪滔天。

（三）三亚游

去海南三亚旅游，我们是乘机双飞。坐飞机旅游既节约旅途时间，又减少旅途劳累，更值得津津乐道的是，在飞机上能够观赏到独特优美的景色。2013 年 8 月 26 日下午三点四十分，我们从合肥新桥机场登上 HU7660 次客机，开启了海南三亚五日游。

下午约六点一刻到达三亚凤凰国际机场，两个半小时的空中飞行，使我领略了独特宜人的优美景观，这本身就是两个半小时的景色游览。出了机场，坐上网上预定的租车，当晚下榻于预订好的亚龙湾三亚维景国际度假酒店。

几天的旅途中，我们游览了三亚的名山秀水，观赏了南山南海的佛道文化，品尝了具有当地特色的以海鲜为主的美味佳肴。

乘飞三亚

合肥三亚直通航，新桥①起飞降凤凰②。
破雾穿云三千里，俯瞰观音矗海上。

三亚游咏

崖州八月日光炎，凉爽椰风袭夜晚。
帆影点点缀碧海，软沙绵绵铺湾滩。
山峦青绿花常艳，热带雨林树参天。
百尺面海观音佛，千姿巧立奇礁岩。
碧波无际群浪舞，南山文化神话传。
潜水观光海底景，驾艇欣赏击波澜。
休闲度假上三亚，犹入仙境别尘寰。

几处中外闻名的景点使我流连忘返。大小洞天，以古崖州文化为脉络，汇聚了道家文化与龙文化的精华。进入大小洞天景区，各式各样的奇花异草、艳木俏树和秀丽的

---

① 新桥：安徽合肥新桥机场。
② 凤凰：海南三亚凤凰国际机场。

海景、山景、石景映入眼帘。小洞天景点的显眼处有一块巨石，高十余米，外形如鳌似蚌、雄飞雌伏的样子，上面题刻着“小洞天”三个醒目大字。这块巨石下面有一个“石屋”，“石屋”如同蜗牛壳，洞空盘旋曲卷，入口大而朝西，出口小而向上。进入后沿着盘旋曲卷的路爬行，洞口越来越小，盘旋爬行了好一阵子之后，抬头向上通过小岩洞口可见到天空，顿时升起“坐井观天”的感觉。据说，大洞天洞内有石桌、石凳，小溪环绕，宛若仙境，现已无法找到，充满着神秘色彩。

天涯海角景区坐落在三亚市西郊23公里处，是下马岭向大海的延伸部分，背靠下马岭，面向茫茫大海，海水澄碧、烟波浩瀚、帆影点点、椰林婆娑、奇石林立、水天一色。最吸引人的是巨石题刻。铭刻“天涯”二字的是清雍正年间的崖州知州程哲。据说，一天，崖州知州程哲路过海湾，见一块巨石耸立海滩路中，岩顶蓝天，高矗天际，引发感慨，于是题写了“天涯”二字。“天涯”二字下端还有后人题留的“海阔天空”四个大字。转过“天涯”巨石，“海角”二字则刻在一座高耸的石峰上，此为抗战时期琼崖守备司令所题。传说很久以前，有一对来自两个有世仇家族的热恋男女，他们的爱情遭到各族人的反对，两人被迫携手私奔，来到这个南海边上。岂料追赶的家人也来到了这里，面对茫茫大海，走投无路，这对恋人悲伤至极，双双投入大海，化成两块巨石，屹立海岸，永远相对。后人为纪念他们坚贞的爱情，在这两块巨石上刻下了“天涯”“海角”。我们一行来到这天之涯、海之角，观赏着大海的波涛，倾听着椰风的呼唤，追思着传奇故事的乐趣。抬头远望，天空一碧如洗，海面一碧万顷，天似海一样蓝，海如天一样青，我们好像身处海天一色的图画之中，心潮澎湃、海阔天空。顿时，我觉得心中的一切烦恼荡然无存，想起“世界上最广阔的是海洋，比海洋更广阔的是天空，比天空更广阔的是人的心灵”的豪言，并真正体会到了这句豪言壮语的真实含义。

三亚游感

夏秋交季游三亚，一览琼佛龙文化。
山灵洞幽载神秘，天涯海角传神话。
观音居海度众生，亚龙湾滩甲天下。
热带雨林秀景色，谁来不赏琼州花？

天净沙·三亚

海角天涯洞天，
雨林鸟鸣花鲜，
海湾椰风奇传。
奥秀媚艳，
游后胸阔心欢。

当飞机离开跑道，快速向上飞行时，机身是盘旋上升的，100 米、500 米、1000 米、2000 米、5000 米……飞机离开地面渐冲渐远。从机窗俯瞰地面，合肥城郊景色尽收眼底，幢幢楼房整齐排放，条条道路车水马龙热闹繁华，条条河流弯弯曲曲，块块农田绿绿油油，座座山脉蜿蜒曲折，片片树林郁郁葱葱，几点湛蓝的湖泊清晰可见，居高俯瞰，景色优美动人。飞机起飞上升时，耳朵还会产生难受的感觉。因为飞机在上升时，周围的大气压随着高度升高而降低，中耳内压相对较高，鼓膜向外耳道推挤，故而会引起不适感，直到飞机在一定高度飞行，中耳内的气体通过咽鼓管排出一部分，中耳内压力与外界气压达到平衡后，不适感才会消失。

乘机升空

滑跑千米仰爬行，两翼飞翔盘旋升。
道街条条渐阡陌，农田片片绿莹莹。
森林覆盖座座岭，水库湖泊点点明。
冲破云层到九天，阳光灿烂万里空。

当飞机在高空中飞行时，从机窗向外看，上面是碧空蓝天，阳光灿烂，下面是茫茫云海云山，有的像波涛汹涌的浪花，有的像激流转动的旋涡，有的像升腾的蒸汽，有的像拖着长长身躯腾空行走的巨龙，还有的像云海中的岛屿，神奇至极，在太阳的照耀下，光彩夺目，仿佛把我们带入了仙境，进入琼楼玉宇的天宫之中。偶尔可见飞机上空有几团白云，慢慢向后方飘去，像是团团棉絮，透过它们便可以看见远方的蓝天。飞机穿越阴雨地区上空时，还会遇到强烈的气流。这时，飞机会突然发生抖动，人有随机被撞击的震感。我紧紧地抓住扶手，飞机冲击气流的唰唰撞击声清晰可闻。我睁大眼睛盯着窗外，虚无缥缈，一片雾气腾腾，虽然什么也看不到，可还是情不自禁地向外看。不一会儿，飞机穿过了浓云、气流，又在浩瀚的蓝天里平稳飞行。

乘机空中

乘机飞渡似嵌空，时速千里觉是停。
时有浮云迎机度，偶遇强流闻撞声。
近观云海似涛涌，远眺云山奇幻形。
横看有机三两架，有同向飞有反行。

飞机降落时，在机舱中有明显的俯冲感觉，而且耳朵内外压力又出现反向失衡，外面的压力高，中耳内的压力低，鼓膜被压向中耳，出现鼓膜凹陷，同样会引起不适感。当下降到一定的高度时，飞机上百里之外就瞄准机场疾冲过去。在机舱听到咯咯噔噔几声后，飞机着陆，趋向平稳。空气经咽鼓管进入中耳，内外压力达到平衡，耳朵不适症状就会随之消失。

乘机落降

飞机下降俯滑行，降过云层见翠峰。
纵横江河若飘带，蜿蜒道路似巨龙。
万米展翅瞄机场，机轮弹出着机坪。
机降有时遇暴雨，半空犹闻砸机声。

亚龙湾三亚维景国际度假酒店位于亚龙湾高尔夫球会中心。宾馆背山面海，绿意盎然，景色宜人，是一个集西式餐厅、亚洲餐厅、英伦风格酒吧、水疗中心、健身中心、儿童活动中心于一体的度假休闲场所。

亚龙湾三亚维景国际度假酒店记

背山面海景宜人，楼阁亭榭青翠隐。

泳池清澈溪涓流，棕榈椰风沁脾心。

按摩力道轻重宜，护疗水疗健肤身。

豪华客房中西餐，浪漫体验旅居欣。

（四）浙闽游

退休后第一年大年初一，我们一行驱车从滁州出发，行经杭州、台州、福州、厦门、漳州等城市，计程3000余公里，游览了祖国东南沿海的大好河山，观赏了大自然的鬼斧神工和古人给我们遗留的无尽瑰宝，目睹了改革开放给我国开放前沿带来的巨大变化，看到了海滨地区的建设和发展取得的丰硕成果。

台州，东濒东海，西北山脉连绵，境内地势由西向东倾斜，居山面海，平原丘陵相间。台州历史悠久，是江南翼龙文化的发现地和五千年前新石器时期下汤文化的发祥地。汉晋以降，道佛两教特盛，崇山幽谷之中寺观迭起。台州以佛、山、海、城、洞诸景最具特色，自古以“海上名山”著称。今天，台州是中国黄金海岸上一个年轻的海滨城市，也是现代化的港口城市，风光秀丽，古迹佳境、人文景观众多，物华天宝，为中国黄金海岸带上的富庶之地和科技、质量强市，曾入选中国大陆最佳地级城市30强，2017年登上中国最具幸福感的城市名单。

台　州

七山一水二分田，物华天宝金海岸。
佛道享誉海内外，胜迹幽奥似仙间。
敞开门户迎商客，科技引领大发展。
今跃都市三十强，州民最具幸福感。

福州西湖位于福州市区西北部卧龙山旁，为晋代福州郡守所凿。到唐末，已经是游览胜地。五代时，成为闽王家人的御花园。到宋代更富盛景。清道光年间，林则徐为湖岸砌石，重新修建。1914年辟为西湖公园，现为福州市民休闲最佳去处。福州西湖由分布在水平如镜的湖面上的三个小岛组成，小岛分别由柳堤桥、飞虹桥、步云桥等连接串起，犹如三块翠玉镶嵌在碧水之中。西湖公园里有一座小桥，桥旁有一亭子，置有秋千，游人到此，争相荡会儿秋千。过步云桥到荷亭，林则徐在此为北宋李纲建祠，并架屋三楹，栽植桂树，取李纲晚年住所“年桂斋”而名“桂斋”。斋旁建有“林则徐读书处”。

福州西湖

城区西北卧龙南，秀湖环抱御花园。
长堤卧波榕夹道，三块翠玉碧水嵌。
水澈镜明观鱼嬉，孙儿把盘画中泛。
岸柳蔽日闻莺唱，九曲桥亭荡秋千。
步云桥侧品桂斋，静闻林公诵诗篇。
福杭西湖趣不同，别有风味沁心田。

厦门，别称鹭岛，是一座风姿绰约的海上花园。我们从海沧大桥进入厦门岛，这座连续全漂浮钢箱梁悬索桥像条长长的玉带落在云海上，非常壮观。厦门城在海上，海在城中，风景名胜多姿多彩，山色海景温馨宜人，岛、礁、岩、寺、花、木相互映衬，如诗如画。这里有民族英雄郑成功屯师练兵，开拓海疆，收复祖国宝岛台湾的历史功绩，至今令人深思和崇敬；这里有亚热带植物宝库，构成了人与自然和谐相处的良好环境，令人心旷神怡；这里有爱国华侨领袖陈嘉庚的故居，集美中西合璧的建筑风格和其倾资修建的集美学村享誉中外，令人叹为观止；这里有世界现存最古老最大的海岸炮，有闻名遐迩的千年古刹，有风景秀丽的海滩和名人故居、博物馆，使人流连忘返。

厦门游感

玉带飘落云海间，踏桥登岛赏景观。
漫步海滨览塑雕，闭目幻听炮声连。

浪尖搏击勇弄潮，追潮拾贝潮退滩。

泛舟破浪看金门，海雾茫茫岛隐现。

鼓浪屿位于厦门岛西南隅，与厦门岛隔鹭江（厦鼓海峡）相对。因岛西南方海滩上有一块2米多高、中有洞穴的礁石，每当潮涨水涌，浪击礁石，声似擂鼓，所以人们称这块巨石为“鼓浪石”，鼓浪屿因此而得名。景观秀丽多姿，素有海上花园、万国建筑博览和音乐之乡、钢琴之岛之誉。

厦门鼓浪屿

风和海色蓝，泛舟过江岸①。

海水鼓波浪，滩阔沙似棉。

登阶回眸望，琴乐竹影间。

月染皓园素，节气菽庄园。

雕铸成伟功，避暑洞②峻险。

古寺“一片瓦③”，冷对废使馆④。

---

① 泛舟过江岸：从鹭岛（厦门岛）和平码头乘坐游轮，穿过鹭岛与琴岛（鼓浪屿）间600米宽的鹭江（实为深海）到琴岛轮渡码头上岸。

② 避暑洞：位于日光岩半山腰、由几块巨石叠成的一个自然石洞，洞口之上有“古避暑洞”四个大字，洞两旁石壁支起从天而降的花岗岩巨石。

③ “一片瓦”：古寺，即日光岩寺，俗称“一片瓦”。是一个天然石洞，以一巨石为顶，后依山形地势建起寺庙。

④ 使馆：帝国列强在厦门鼓浪屿设立的领事馆。

清风送客归，影落日光岩。

琴岛光景秀，不负“海上园”。

（五）台儿庄、日照游

2014 年 7 月中下旬，我们自驾游览了山东枣庄市台儿庄古城、古运河，并到山东日照海滨观光。

我们上午从家里出发，中午到达山东省枣庄市台儿庄，下榻于台儿庄水乡阁商务会馆。下午，我们随临时旅游团游览了台儿庄古城。

台儿庄古城，位于京杭大运河的中心点。古城肇始于秦汉，发展于唐宋，繁荣于明清，有“天下第一庄”之称。新建的台儿庄古城占地 2 平方公里，包括 11 个功能分区、八大景点。多种建筑风格融为一体，几十座庙宇汇于一城，南北交融，东西合璧。古城拥有京杭大运河仅存的最后 3 公里古运河，以及林立运河两岸恢宏气派各具特色的今古建筑。古城内涵、塘、水街、水巷众多，保留几十处战争遗址。台儿庄古城遗址，是由当时大战最为激烈的几处战斗场所组成，有残存的建筑物及在遗址上复建的建筑物。参观遗址可使人深刻体会到当时激战时的场景，激发人们的爱国热情。重建后的台儿庄古城与波兰华沙成为世界上仅有的因第二次世界大战被毁坏而成为世界文化遗产的地方。

台儿庄古城游

运河荡舟赏岸柳，台亭楼阁放眼收。
新台儿庄依旧建，东西合璧融今古。
霓虹灯下品美味，痴醉情怡不用酒。
抗战遗址见真迹，壮我发愤志未酬。

日照海滨国家森林公园是在大沙洼林场的基础上营造起来的，公园地貌多为黄海退潮沉积的滩地。公园景区里的觅幽林荫、森林迷宫、风情园、采摘园、蒙古风情园等几处景观别致，各具特色，引人入胜。

日照这些年先后打造了“全国绿环模范城”“国家森林城市”“国家级园林城”“中国十佳绿色城市”和“中国优秀旅游城市”等城市名片，这些名片彰显了日照在生态建设上的辉煌成果，使之名副其实地成为我国海滨生态建设的一颗明珠。

日照海滨游

蓝天碧海阔沙滩，林波相映金海岸。
赏涛观潮闻海韵，漫步览神太公馆①。
林荫觅幽钻迷宫，登岛捉虾拾贝欢。

① 太公馆：姜太公纪念馆，是日照海滨国家森林公园的四大功能区之一的太公文化园的灵魂工程。大殿中间是高大的姜太公圣像，北边的侧殿为“封神殿”，里边展示的是《封神演义》中描述的365个神的浮雕和雕塑，形象逼真，神态各异，栩栩如生。

海滨情怀今领略，科技使滩变奇观。

日照海滩观日出

夜宿海上楼，临窗浪拍舟。

闻涛夜梦短，五更盼日头。

朝迎人踪乱，忍性歌阻喉。

日轮弹海出，客众情难收。

合日留倩影，抛衫赴海游。

几天的旅游，使我们饱览了我国古城新貌和海滨景观，品尝了海滨海鲜和鲁东特色佳肴。

七月游感

初伏昱照艳阳天，运河古镇海沙滩。

尽享览胜逗海趣，更喜渔村品海鲜。

虾蟹蜇蛎蛤螺蚬，烧烤爆炒煮蒸煎。

乘兴而旅八百里，人生皆为不了缘。

（六）苏中游

2017 年清明小长假，我们驱车前往江苏中部，游览了淮安、扬州两地的一些名胜景观，饱览了苏中的大好河山。

淮安是历史文化名城，坐落于古淮河与京杭大运河的交点处。风景秀丽，地理位置优越，自然景观优美，人文景观众多。历史上与扬州、苏州、杭州并称运河沿线的“四大都市”，有“中国运河之都”的美誉。

淮安运河游

兴来举步运河岸，堤园垂柳弄春烟。
千亩梨杏飞春雪，一轮红日逐云边。
燕雀欢飞蝶起舞，群鸽起落黛瓦院。
河里白鸥浣羽翼，树上黄鹂沐春闲。
犹闻漕运南北往，似听噪音盐上船。
襟吴带楚繁华地，信步世遗①览景观。

河下古镇在淮安市淮安区西北隅，古邗沟入淮河处的古末口。河下，就是地处河堤之下的意思。春秋末年，吴王夫差为了北伐中原，开凿了沟通长江与淮水的邗沟，从扬州引长江水经高邮湖，在楚州城北与淮水连接，以利于向北方运送粮草和军队。邗沟就是著名的大运河的前身。河下因近于邗沟末口而成聚落，且逐渐成了南北经济、文化、交通的枢纽，日趋繁荣，以至发展成为淮安重镇河下镇。当年河下镇有108条街，106处园林，桥梁密布，寺庙众多。古镇的每一条街，每一座牌坊、桥梁，都有一段美丽的传说和动人的故事。漫步在河下古街上，亦能感受到古镇历史的沧桑和文化的厚重。

① 世遗：中国大运河淮安段已入选世界遗产名录。

咏淮安河下古镇

引江入淮掘沟邗，哺育河下三千年。
初始码头渐为镇，赖运在此集散转。
如今小镇貌焕然，古色古香韵未变。
古建牌坊典雅寺，富商甲第豪宅连。
明清三鼎甲齐全①，故事神奇今古传。
闪闪霓虹夜不尽，游人如织街巷穿。
品尝淮特蟹黄包，排队次第淮菜馆。
古镇又乘改革风，继承发展绘新篇。

淮安周恩来纪念馆坐落在淮安市楚州区东北桃花垠的一个三面环水的湖心岛上。园区占地 500 余亩，70% 为水面。建筑造型庄严肃穆朴实典雅，展现了周恩来一代伟人的风采。整个建筑在纪念馆南北 800 米长的中轴线上，自南向北依次是瞻仰台、纪念馆、周恩来铜像和仿西花厅等纪念性建筑。

周恩来纪念馆观感

纪念馆坐桃垠边，巍巍丰碑风采展。
瞻台无形胜有形，四根柱子组成剑。
主体展厅览平生，丰功伟绩尽仰瞻。

---

① 明清三鼎甲齐全：明、清两代，河下出过 55 名进士，有状元 1 人、榜眼 2 人、探花 1 人，故称为“三鼎甲齐全”。

甘洒热血为人民，平易近人著风范。
一生开拓求真知，七尺之躯为国捐。
铜像广场吊伟人，伟大精神永流传。

扬州依托运河，濒临长江，面向大海，自古以来水陆交通发达。历史上是南北物资的集散地，“陆上丝绸之路”与“海上丝绸之路”的交汇点，有“淮左名都，竹西佳处”之称、“中国运河第一城”美誉。多元文化的大熔炉和“繁甲天下”的国际贸易，使千年古城虽屡经风云变幻，然今日风采依旧。扬州是文化名城，是江苏长江经济带重要组成部分，是南京都市圈成员，是长江三角城市群城市。

游扬州有感

春光明媚山河秀，华东重镇扬州游。
竹西佳处风①依旧，景致名胜尽眼收。
运河从古日日流，见证变迁堤岸柳。
十里珠帘②卷何处？百花竞放映名都。

扬州东关老街西起国庆路，东至古运河边，约 1 公里长，街道路面全部是用长条石铺设的。整条街巷连巷、巷通巷，大巷里面套小巷，是最具扬州风情特色的烟花古巷。

---

① 风：景象。

② 十里珠帘：取自唐代诗人杜牧的《赠别》后两句“春风十里扬州路，卷上珠帘总不如”，意思是扬州城昔日十里长街喧闹繁华，青春佳丽娟秀靓丽。

一到街口，东去西来，满街黑压压的人流。走进老街，迎面而来的是古色古香的市井景象，街面繁华，商家林立，行当俱全，生意兴隆。陆陈行、油米行、鲜鱼行、八鲜行、瓜果行、竹林行等商家比邻皆是。与外孙牵手前行，老街两旁的众多老字号吸引得我目不转睛，凝神观赏。“四美酱园”前，被游人挤得水泄不通，观赏特产品的、浏览老店的、购物的、看景致的、凑热闹的，黑压压的一片。据说这家老店创立于1817年，是这条街上最老的老字号，生产的“三和四美酱菜”是久负盛名的传统特产，具有鲜、甜、脆、嫩的特色，这才引得游客竞相争购。百年以上的老字号商家还有很多。这条街上还有个园、逸圃、广陵书院、仪董学堂、武当行宫等园林别墅和一些名人故居、巨商住宅以及很多的古树老井，还有比较完整的明清建筑。

逛悠在扬州东关老街上，观赏着古色古香的市井景象，拥挤在东来西往的人流中，街两旁琳琅满目的各式商品使我不时驻足细看。

逛扬州东关老街

拆烩鲢头①才品鲜，老街信步顶日炎。
琳琅满目商贾云，烟花古巷巷巷连。
三和四美酱园菜，久负盛名脆鲜甜。
青瓦灰墙戴春晖，河城街贸素多元。

---

① 拆烩鲢头：拆烩鲢头、扒烧整猪头、蟹粉狮子头等是扬州菜的代表。

东来西往竞选购，市井远比昔日繁。
古街旅游体文脉，意趣盎然览景观。

个园是一处私家园林。全园分为南部住宅、中部花园和北部品种竹林三大部分。

从住宅区进入花园，首先映入眼帘的是月洞形的园门，门上石额刻着刚劲有力的“个园”二字。“个”的意思是竹叶之形，园内植竹万竿，园的特色是以竹为灵魂。又因为这座园林是清嘉庆朝两淮盐业商总黄至筠在原明代“寿芝园”的基础上拓建而成的，主人名至筠，“筠”亦借指竹，因此以“个”字命名。园门两侧各种竹子枝叶扶疏，“月映竹成千个字”与门额相辉映。花园的主景是四季假山，以不同颜色的叠石和花木相映，打造春夏秋冬四季景色。春景是黄石假山，用粗犷的黄石叠成，翠竹、石笋插植其间，似春竹出土，又与竹林呼应，营造了“雨后竹笋”的春景。夏景在园的西北，以青灰色太湖石为主，叠石似云翻雾卷之态，假山临池，涧谷幽邃，睡莲映衬，水声潺潺，清幽无比。秋景利用了黄石坚硬棕黄的特性，打叠的假山拔地数仞，悬崖峭壁，红枫数棵，洞中设置蹬道，盘旋而上，步移景变，引人入胜。最招引人的是面积最小的冬景，晶莹的宣石堆叠像是未化的积雪，叠石后墙开的二十多个风音洞，让穿堂吹出呼啸的西北风的效果，和蜡梅一道将冬景推到极致。冬园旁还开有两洞，望出去正是春园里的竹笋，冬去春来。四季假山各具特色，布局精巧别致，花草树竹叠翠，表达出“春山澹冶而如笑，夏山苍翠而如滴，秋山明净而如妆，冬山惨淡而如睡”的诗情画意。穿行其中，引人入胜，真正叫绝。

竹林一片翠绿，亭亭玉立。竹子不仅姿态清雅，色如碧玉，而且更重要的是它正直、虚心、有气节。不但丽于形，而且美于影。苏东坡有诗云：“宁可食无肉，不可居无竹。无肉令人瘦，无竹令人俗。”

扬州个园游咏

私家园林神斧工，寿芝园上拓建成。
园主至筠筠指竹，个字恰似竹叶形。
三路宅星①显尊贵，卧耳②厅堂气势雄。
最具别致中部园，四季假山绝巧精。
翠竹石笋彰春景，夏季湖石睡莲映。
黄石红枫呈现秋，叠石蜡梅营造冬。
个园灵魂唯修竹，玉立亭亭美于形。
信步游园尽享美，深奥妙趣学问增。

何园，又叫“寄啸山庄”。园主叫何芷舠，从湖北道台离任后归隐扬州，购得“片石山庄”这处宅基，在山庄旧址上拓建成这座大型私家园林。全园分为东园、西园、园居院落、片石山房四个部分。

跨进公园大门，穿过“寄啸山庄”圆洞门就来到后花

---

① 三路宅星：个园住宅区的三条深巷，分别为福星、禄星、寿星。

② 卧耳：指卧室、偏阁。

园东园部分。这部分以厅、堂为中心构成一座院落，有两座厅，南面嵌有“凤穿牡丹”砖雕的厅，叫作“牡丹厅”。据说这幅砖雕是扬州晚清时期一件不可多得的砖雕工艺品，正中还刻有牡丹、凤凰等图案，四周牡丹枝叶的形象有正有反，花纹有疏有密，线条流畅，整幅画面造型丰满，主题突出，层次分明，错落有致。在东园所有的建筑群中最精致的要数北面的船厅。厅似船形，台阶前以鹅卵石、瓦片铺地，花纹呈水波状，给人以水居的意境。北面铺设“丹凤朝阳”，象征着吉祥、长寿。在船厅正厅两旁柱上有副对联“月作主人梅作客，花为四壁船为家”。欣赏这副对联，给人以“无水而有水意，无山却有山情”之感。

西园以水池居中，空间开阔，四面设景，都以楼为主题，并有石板曲桥延伸至水池中央的水心亭。水心亭是我国仅有的几座戏台之一。西园楼台极富层次，有上下两层的七楹楼房，整体就像振飞起舞的蝴蝶，里面的厅堂都装扮得极为富丽。水池的西面古木相映，绿意盎然，花丛中矗立的一三门厅房是“桂花厅”，厅前植有各种名桂。水池南面是一座太湖石假山，山顶是全园的最高处，山上有险壁、悬崖、奇峰，底部还有梅花三洞，互相串联。

把东西两园的主要景点和玉秀楼贯穿起来的是复道回廊。复道回廊分上下两层，或直或曲，全长一千多米，被誉为“天下第一廊”。回廊上的花窗，造型阔大，气势非凡，绕廊赏景，步移景异，高低错落，是我国园林花窗中的极品。

园居院落主要由面积阔大的煦春堂和两座洋楼组成。

煦春堂分正厅、耳厅，纯楠木建造。楠木厅后面有两进具有异国风格的双层楼房，叫玉秀楼，中西合璧，新颖别致。

园东南部分一片建筑是“片石山房”。它是用石片垒砌起来的石屋，外形为一座假山。盛夏酷暑，烈日炎炎时，便可在这里养心消暑。

走进何园，宛如走进一幅自然历史人文的旖旎画卷。天地合一、中西合璧的中国近代造园艺术的孤本特例，在此集珍荟萃。这座园林不但吸收了中国传统的造园艺术精华，还融入了西洋建筑的格调，形成了自己的特色，被誉为“晚清第一园”。

扬州何园游吟

风雅园主芷舠公，道台离任隐广陵。
购得片石山庄宅，园造孤本久盛名。
东西合璧集珍萃，天地合一承传统。
复道回廊贯景阁，飞檐曲径入花丛。
牡丹厅外妍添锦，流韵泉声悦心境。
无愧晚清荣第一，更美园主好家风。

傍晚，我们从扬州南门码头遗址登上游船，沿河北上，游览运河美景。坐在游船上，悠荡逍遥，水光潋滟，伴着潺潺的水流声，和煦的春风扑面而来，令我心旷神怡。沿途听着导游的讲解，欣赏着翠绿成行的杨柳、坐落在运河上的古桥以及两岸秀丽典雅的今古建筑。一会儿，导游右手指到前方，那是吴道台宅第，坐落于扬州市区泰州路中段，古运河西岸。宅第坐北朝南，呈四方形，四周是用青砖垒砌的风火墙。这座名胜古迹展现了中国古典文化与旧官府文化的精髓。继而左手又指，那是普哈丁园，位于扬州市区解放路南侧、古运河东岸的土岗上，由古清真寺、古墓园、古典园林组成，是扬州穆斯林为纪念穆罕穆德十六世裔孙普哈丁所建。不一会儿我们看到一座古寺，导游讲解道：“那是长生寺遗址，由于历史原因，该寺已不复存，现只有三层塔式弥勒阁，引人凭吊。”当看到广场上一片气派的古式建筑时，导游说：“那是广陵东门遗址，前些年扬州市政府在东门遗址辟建了公园，复建了城墙及山顶门楼，以再现宋代扬州‘壮丽压长淮，形胜绝东南’的雄姿。”几公里的运河船游，浏览着名胜扬州沧桑的历史痕迹和宏伟壮观、错落有致的高楼大厦，古老和现代交错的气息，使我惬意非凡，体会深刻。我不仅欣赏了历史文化，并在历史文化中看到了过去的辉煌，同时也体会到了现代文明景观，看到了今天的扬州人利用大自然所做的创举。

运河乘舟

南门码头登游船，水阔波荡光潋滟。
十里堤柳垂秀发，两岸景致放望眼。
青黛一片道台宅，正申世遗普哈园。
塔式弥勒长生寺，城门雄姿绝东南。
春灯霓虹映河岸，心随游舟逐浪翻。
难得踏春旅胜地，运河畅游尽开颜。

翌日一早，我们赶往大明寺。沿一段平缓的石坡拾级而上，来到寺前广场，首先看到一座典雅牌楼，四柱三楹，下砌石础，中门之上南面篆刻着“栖灵遗址”四字，字迹雄美。牌楼前面南而踞的一对石狮格外引人注目，正头，蹲身，直腰，前爪平伏，傲视远方，造型雄健。东西两侧围墙上分别镶嵌着“淮东第一观”和“天下第五泉”的巨幅石刻。

过了牌楼，来到山门殿，正门上额刻着古风流溢的“大明寺”三字。大明寺很特别，山门殿也是天王殿。殿内弥勒佛坐像两边的一副对联说得真好，上联是“大腹能容，容天下难容之事”，下联是“慈颜常笑，笑世间可笑之人”，据说这副对联为明太祖朱元璋所撰。出了天王殿继续往前，进入一庭院。庭院开阔，古树参天，中间有两尊宝鼎，香烟缭绕。庭院的主建筑是大雄宝殿，宝殿正中莲花高台之上是释迦牟尼像。

出了大雄宝殿向东走，迎面看到的是由正殿、碑亭和回廊组成的院落，为唐朝著名高僧鉴真的纪念堂。院内松柏樱花招展，绿草如茵。庭阶东侧有平远楼，构建精致。平远楼北是晴空阁，为鉴真陈列室。

大明寺西侧是仙人旧馆，由平山堂、谷林堂、欧阳公祠三部分组成。平山堂是北宋年间欧阳修任扬州太守时所建，堂前枝木扶疏，庭院幽静。凭栏远眺江南诸山，恰与视线相平，“远山来与此堂平”，故称“平山堂”。堂前有联曰“过江诸山到此堂下，太守之宴于众宾欢”，是欧阳修当年潇洒流运的生动写照。谷林堂在平山堂后面，是苏东坡任扬州太守时为凭吊欧阳修所建。欧阳公祠里供奉的是欧阳修的石刻像。

平山堂之西是一处富有山林野趣的古典园林，园内古木参天，怪石嶙峋，池水潋滟，亭榭典雅，山中有湖，湖中有天下第五泉。据载，这里的泉水在当时被品评为天下第五。今天，游历大明寺，仍以饮天下第五泉水为乐事。

游扬州大明寺

寺是淮东第一观，山门亦是天王殿。
栖灵高塔供佛骨，平远楼为鉴真馆。
梵宇钟声千间落，大雄殿前袅袅烟。
太守宴宾平山堂，谷林为吊修公建。
仙人旧馆溢古风，松下清冷第五泉。
在此痛饮一瓢水，解除疲惫释愁烦。

栖灵塔是大明寺的最高建筑，宏伟壮观，9层，高70米。我带着外孙一口气登到塔顶，站在塔廊远眺，扬州景观景貌尽收眼底。

登栖灵塔

（一）

栖灵踞蜀冈①，高耸二十丈。

---

① 蜀冈：扬州城西北部区域。

登塔值春晴，凭高眺海江。
浩荡宇①无穷，客目望有量②。
放眼名都景，倚栏闻铃响。

（二）

九层宝塔耸高空，气势平吞扬州城。
塔顶九天元气合，远眺袅袅海云生。
运河隐隐帆竞渡，瘦湖历历阁桥亭。
沐浴春晖游胜地，观光探幽览胜景。

瘦西湖因湖瘦长而闻名于世，六朝以来为风景胜地，清代乾隆时期盛极一时，成为扬州雍容华贵的象征。天下西湖三十六，而扬州瘦西湖以其清秀婉丽的风姿独异诸湖。窈窕曲折的湖道，穿以长堤春柳，两岸景点俨然一幅秀丽的天然国画长卷。湖面迂回曲折，逶迤伸延，层次分明，曲折多变，仿佛神女的腰带，媚态动人，让人流连忘返。

我游过几次杭州西湖，今天来到扬州瘦西湖，总的感觉是：杭州西湖给人一种雍容华贵的韵味，而扬州瘦西湖却有着林黛玉型的清瘦明丽之姿，又略显出病态的孱弱和几分纤柔羞怯的情意。若把杭州西湖比作少妇，那么扬州瘦西湖就像位窈窕少女。

---

① 宇：天宇，宇宙。
② 有量：有限度，有局限。

扬州瘦西湖游感（二首）

（一）

踏春逛瘦湖，赏奇览胜幽。
听鹂楠罩阁，金山莺啭喉。
草丛蝶蜂戏，桃红映绿柳。
杉影随波荡，浮萍逐风流。
白塔神话传，亭桥观水秀。
瘦姿景绝美，不虚来此游。

（二）

丽日熏天花树暖，随流穿梭入画卷。
曲折湖道绕翠堤，柳桃杂错水波环。
桥听疑是吹箫女，层林尽染小金山。
远眺白塔似花瓶，楠木精雕听鹂馆。
台榭高低堪赏景，五亭桥上五朵莲。
熙春胜景彰气派，佳境游迷忘回还。

走走看看，停停转转，累了就歇，歇好继续前行。转过一座假山，“二十四桥”字样出现在眼前。顿时，晚唐诗人杜牧的诗句“青山隐隐水迢迢，秋尽江南草未凋。二十四桥明月夜，玉人何处教吹箫”在脑海里浮现，催我赶紧前去，把二十四桥景致看遍。二十四桥不是我想象中的风格、花样各异的二十四座桥，而是以“二十四桥”为名的一座桥，新颖别致。它由落帆栈道、单孔拱桥、九曲桥及吹箫亭组合而成。中间玉带状拱桥是景点的主体，长 24 米，宽2.4 米，桥的上、下两侧各有 24 个台阶，围以 24 根白玉栏杆和 24 块彩云追月的浮雕栏板，远看如玉带飘逸，似霓虹卧波，给人美的享受。

二十四桥咏

宛若玉带湖上漂，汉白玉栏彩浮雕。
台阶上下二十四，满桥春晖人如潮。
玉人吹箫何所去？空留箫亭桥畔落。
桥因诗名扬古今，诗咏千年因为桥。
此游数此最欢悦，因有霓虹脚下卧。

过了二十四桥继续往前走，就看到一座气派的楼台，叫熙春台。它处在湖西岸湖面由南北向转为东西向的转折处，与莲花桥遥遥相望。熙春台采用的是皇家园林富丽堂皇宏大气派的建筑风格，与绿色琉璃瓦朱栋、白玉的玉体金顶相映成趣。相传熙春台是清代皇帝祝寿的地方。

游熙春台

熙春春游游春台，繁荫蔽日凉意来。
湖畔荷新垂翠柳，一桥遥望似莲开。
莫道白发减雅兴，赏景探幽心快哉。
就春层台阅今古，王朝几兴几多衰？

继续往东走，看到的建筑是望春楼。它是典型的江南园林风格，色调精细淡雅。楼下层南北两间分别是水院、山庭，将山水景色引入室内。若卸去楼上的门窗，就变成了露台，是赏月的好地方。

登望春楼

望春楼上洒春晖，望春楼下藏山水。
楼阁精巧凌芳树，双桥落虹翠柳垂。
隔湖碧拥熙春台，争妍一片桃花蕊。
莺鹂啼唱蛙声声，静听似有箫音飞。

徐园是在清初桃花坞故址上建造的。园中有黄石叠砌的荷池，整个院落工整而又富于变化，规模不大，但结构得体，庭院起承转合，错落有致。听鹂馆是园内的正厅，单檐歇山，构造精致，陈设古雅，回廊环绕。内有一副楠木罩阁，采用上好的楠木精雕细刻而成，极为细腻。廊上悬挂的一副对联“江波蘸绿岸可染，山色迎人秀可餐”，使人看了游兴剧增。

观听鹂馆

桃花坞上辟徐园，规模不大具变幻。
中坐荷池黄石砌，正厅题名听鹂馆。
园里黄莺鸣翠柳，园外绿波春浪满。
三月烟花来胜旅，湖光山色尽赏观。

五亭桥是景区中心连接南北景点的一条纽带，是瘦西湖的标志。桥上建有极富南方特色的五座风亭，挺拔秀丽的风亭就像五朵冉冉出水的莲花。亭内绘有天花，亭外挂着风铃。据介绍，桥墩用十二块大青石砌成，形成厚重有力的“工”字形桥基。桥身由大小不一、形状不同的券洞组成。空灵的拱顶券洞配上敦实的桥基，桥基在直线上配上桥洞的曲线，加上自然流畅的比例，就有了和谐统一的视觉效果。建筑风格既有南方之秀，又有北方之雄，阴柔与阳刚完美结合。站在五亭桥向东西瞭望，远处的湖光水色就像一幅典型的江南水图景。

五亭桥

五亭桥势彰神工，北雄南秀有机融。
根基厚重巨石砌，风亭挺立导雁行。
画栋雕梁朱漆檐，亮槅风扉琉璃顶。
瘦湖两岸花似锦，南北一桥景贯通。
水拍石涵涌巨浪，此乃良工巧制成。

过了五亭桥继续东行，就来到湖面由东西向转为南北向的转折处——小金山景点。小金山是瘦西湖中的一座小岛，四面环水，水随山转，山因水活。山顶的风亭，是全园的最高点。山西麓有一堤通入湖中，堤端为一亭，叫作“吹台”，相传乾隆皇帝在这里钓过鱼。台中右侧圆洞可收入五亭桥景，左边圆洞能收入白塔全貌，俨然两张独幅画面，还有琴室、棋室、月观等集中在这里。然而，这个景点最耀眼、最稀奇、最珍贵的要数钟乳石，据介绍，这块宝石来自广西，是北宋时期花石纲的遗物。

瘦西湖小金山

石角棱层装崇山，杂错乔松水波环。
乾隆皇帝吹台钓，宋钟乳石神秘传。
高低台榭览名胜，远近美景迷人眼。
到此方知瘦湖美，最是入画小金山。

（七）济南游

前年国庆节，女儿一说上济南旅游，我便欣然同意。我国发达的高速公路网给自驾出行带来了巨大便利。早饭后我从淮北市区出发，上了连霍高速（G30），不一会儿就到了徐州。从徐州往济南方向有两条高速可供选择：一条是京台高速，由徐州经泰安到济南；一条是济广高速，由徐州经济宁到济南。我们选择了济广高速，路上车辆较少。你还别说，真的很快，不到三个小时就到达了目的地。

济南因位于古济水以南而得名。古济水早已被黄河夺道所占。据说，古时有四条大河，自西向东流向大海。这四条大河从南至北依次是长江、淮水、济水、黄河（古黄河从秦皇岛附近入海）。后济水逐渐断流，沦为大清河，1855 年黄河于铜瓦厢决口，夺大清河道而流经入海。济南城居于历山（现名千佛山）之下，故其最早的城名为“历下邑”。又由于地理结构原因，区域内有趵突泉、黑虎泉、珍珠泉、五龙泉四大泉群，因此济南又有“泉城”的美称。

短短几天，游览了泉城广场、趵突泉、大明湖和千佛山等古今名胜，饱览了“四面荷花三面柳，一城山色半城湖”的历史文化名城的秀丽景色。游后感慨万千，特别是老街古巷、山寺泉湖、亭台楼阁底蕴厚重的历史文化和飞速发展的都市面貌，使我流连忘返。故赋诗三首，以记录我对泉城济南的游览印象。

济南游记（三首）

（一）

金秋十月济南游，胜迹佳境尽眼收。
历山千百佛各异，大明湖亭楼阁秀。
城泉文化底蕴厚，街巷故事流今古。
山城锦绣泉湖翠，待到金秋还来游。

（二）

济南济水南，城池历山下。
名士古来多，陆空水八达。
街街有历史，巷巷韫文化。
泉山城湖河，名胜天下甲。

（三）

上世纪末过泉城，暗思巨变只自惊。
窄巴公路变高速，更有高铁似龙腾。
老巷街拆建广场，沿街高楼气势宏。

二十余年弹指间，游处却疑是前生。

泉城广场位于济南市区中心，济南老城南门外，护城河南岸，是拆迁原前帝馆街、后帝馆街、穆家园街、新桥街、小后营坊街和后营坊街及正觉寺街路北一带的建筑后建造。广场集中体现了山、泉、湖、城、河的泉城特色。站在广场上，无论是近看广场四周繁华的商业区、现代化的建筑，还是远眺济南东部、南部在千佛山的衬托下高楼林立的现代城市面貌，都能感受到都市济南欣欣向荣、蓬勃发展的脉搏。

趵突泉是泉城济南的象征和标志，它与千佛山、大明湖并称为济南三大名胜。东大门是一派白墙灰瓦、出檐卷山、卷棚式的具有民族风格的建筑。正中匾额上书写着“趵突泉”三个贴金大字。进入大门，首先映入眼帘的是一座假山，它是公园东门的自然屏障。我们夹杂在成群结队的人流中过了假山，座座泉池展现在眼前。出了马跑泉景点来到漱玉泉。泉池四壁栏杆皆用汉白玉砌成，洁白温润，池水清澈，游鱼可数；泉眼处珍珠串串，泉水争着翻滚上涌；泉水从石壁上平展溢出，犹若水晶帘幕，经过一片云集的乱石斜溅，奔腾着泻入 20 多米远的池塘里，其音琅琅，响若漱玉。池边立石上有一楹联：漱玉声吟长短句，赏泉人醉古今情。传说此泉与宋代女词人李清照有关。她就居住在这口泉边，古代人们常把女子的牙齿称为“玉”，而李清照这位女词人常在此梳洗打扮，此泉因此而得名。漱玉泉西邻柳絮泉。柳絮泉南邻金线泉。“金线”的形成是由于两岸泉水相对涌流，流势均衡，当太阳照射到池底时，平静的水面就会显示出一条聚成的水线，金光闪亮，像游丝一样，忽隐忽现，随波荡漾。趵突泉是公园的主景，一到这里，人山人海，拥挤不堪，池边围观的游人好几层。扶栏观览的游人观好刚一转身要走，还没走开，后面的就挤了上来。在人流中挤了好长时间，好不容易凑到池边围栏，才看到趵突泉的全貌。泉池呈长方形，东西长约 30 米，南北宽约 20 米，四周用大石块垒砌，周围围栏 1 米多高，是汉白玉的。池内有三股车轮大的喷泉突突喷涌，泉水澄澈清冽，滚滚外流。池边立有一块碑，上题“第一泉”。左边有一小桥名为“来鹊桥”，搭在溪流上，站在桥上观看趵突泉，更有立体感。

济南趵突泉

泺水发源别它殊，平地一泓泉涌出。

青波滚滚流向北，一路奔腾入明湖。

登临处处思不穷，犹闻声声才女漱。

一方奇景随泉动，来鹊桥观泉趵突。

大明湖是济南的一颗明珠，位于济南市中心偏东北处，湖水来源于城内几眼泉的泉流，水源充足，有“众泉汇流”之说。

走进大门，一眼望去，绿树成荫，鲜花盛开，波光粼粼，游人如织。湖面上鸢飞鱼跃，荷叶满堂，船只不断掠过，所到之处溅起了雪白的水花。堤岸上一排排杨柳随风飘荡，其间又点缀着各色亭台楼阁，远山近水与晴空融为一体，犹如一幅巨大的彩色画卷，非常漂亮。湖心岛上绿树环绕，历下亭挺拔端庄、古朴典雅，红柱青瓦，八角重檐，朱梁画栋，是一座轩昂古朴的木质结构建筑。亭前有一棵古槐，干粗，需二人合抱，已严重倾斜，现用支架支撑着，枝叶依然繁茂。铁公祠曲廊花窗，小巧别致，古色古香，院内杨柳成荫，藤萝攀缘，景区风光和园内的人工亭台楼阁连为一体，环境清幽旷远，建筑古朴典雅。东边的小沧浪亭更是独具秀色，“四面荷花三面柳，一城山色半城湖”这一著名诗句就镶嵌在这里。

大明湖自然景色秀美，沿湖垂柳环绕，草坪碧绿如茵，名胜古迹交相辉映。

济南大明湖

沿堤花锦映金柳，四面荷香烂漫秋。
鱼跃鸢翔水面上，波光粼粼荡游舟。
湖岛树绕历下亭，岸布座座阁榭楼。
众泉源源活水来，湖碧水美引①客游。

千佛山是泰山的余脉，位于济南市中心的南部，是国家级风景名胜。进入公园大门不远便可看到盘路两侧用石头雕刻的十八罗汉，人物或老或少，或善或恶，或美或丑，姿态、表情各异，有的怒目而视，有的笑容可掬，形象生动而丰富，给人以艺术享受。登上几段山阶，远远看到一

① 引：招发徕。

尊巨型卧佛像，是释迦牟尼的侧身卧塑，花岗岩质，长 10 余米，东西横卧，右手托头，面颊丰满，两肩宽阔，双耳垂肩，眉目修长，双目微睁，给人以慈祥之感。继续上行，石阶右边有一座不大的庙宇，是观音园。园内池岸峭石矗立，四周竹木垂荫，池水清澈见底，荷叶满池，10 多米高的白衣观音矗立在荷池中央，法相慈蔼，可敬可亲。池周围还有各种观音化身的雕塑，造型端庄，惟妙惟肖。又登几段，见一秀亭立在山道间。驻足细看，秀亭叫唐槐亭，旁边有棵古槐，叫唐槐，传说唐朝名将秦琼曾拴马于此。树干已经枯空，但有一棵小槐穿过树洞茁壮生长。穿过“齐烟九点坊”“云径禅关坊”，就来到千佛山的主体建筑兴国禅寺。大门上的一副楹联吸引了我，上联是“暮鼓晨钟惊醒世间名利客”，下联是“经声佛号唤回苦海梦迷人”，意思是说：人世间追求功名利禄的人，来到这里都会被寺院晚间的鼓声和清晨的钟声所惊醒，从而抛弃名利和欲望；僧人吟诵经文的声音可以把人世间在苦海迷失道路的人唤回来，从而使他们走向通往极乐世界的道路。进门两侧，钟鼓楼矗立。大雄宝殿在寺内东侧，坐东面西，雄伟壮观，殿正中莲花座上供奉的是佛祖释迦牟尼。玉佛殿在大雄宝殿北，坐北面南，殿内中央供奉的是观音菩萨。殿群北侧的长廊，有众多名人名家游千佛山的诗刻题记。寺南壁的千佛崖较为吸引游客，众多石窟、石佛镂刻精湛。

登千佛寺记

泉城千佛寺，八月欣登临。

秋风舞花草，秋阳入树林。
盘路石罗汉，姿异皆奇神。
佛祖侧卧塑，像岩半百吨。
观音立庙宇，法相慈可亲。
道间唐槐树，引吾思古心。
廊刻诗百首，壁悬佛千尊。
兴国禅寺诵，在唤迷路人。

（八）越南芽庄游

上越南芽庄旅游是家庭随团游，乘的是越南航空公司的客机。2018 年 7 月 31 日下午，我们在合肥新桥机场登机时，时间比登机牌上的登机时间迟了 40 多分钟。

飞机有三四十米长，前半部分洁白，后半部分鲜红。机舱有座位 40 排，每排除登机口外都是 A、B、C、D、E、F 六个座位，舱内夹间很小，座位有些拥挤。我的座位号是 40 F，最后一排最后一个座位。我对这个座位很满意，因为它靠近机窗。机窗虽然比我以前乘坐过的飞机机窗都小得多，但是，通过这个小小机窗，我能看到飞机的起飞和降落，看到在陆地上看不到的碧空和云海。从上万米高空俯瞰，大地上座座气派雄伟的城市，块块碧绿葱茏的农田，座座被森林覆盖的山川，条条蜿蜒曲折的河流，片片碧水闪耀、行船点点的湖海，令人心旷神怡。这种意境只有乘机飞上蓝天才能感受得到。

机组人员是越南人。通常越南人不大愿意学习汉语，中国公民到越南旅游专线航班开通才两年，播音员中文播得磕磕巴巴。要乘客系好安全带，迫降时怎样使用救生衣，就这简单几句话，说得非常吃力，几乎是一个字一个字转着音地往外迸。两对空姐都很养眼，穿着庄重得体的红色上衣、格花大方的短裤裙，显得尤为活泼时尚；鼻翼稍宽，嘴唇丰满，皮肤白嫩，眼神亲切，姣好的身材和迷人的容貌让人赏心悦目。机上服务特简单，全程只供给每一位乘客半斤装纯净水一瓶。

22：50，飞机降落在越南金兰机场。这个机场以前为军用机场，越南战争时期为美国空军使用的金兰空军基地。1973 年越南战争结束，美军撤出越南后，1979 年至 2002 年之间，被苏联空军暨苏联解体后的俄罗斯空军使用，2004 年才开始有商务航班起降，2017 年才开通中国公民到越南旅游专线航班。

下了飞机，机场大巴把我们送到机场大厅，办理落地签证。出了机场，我们上了旅游大巴。大巴沿着海湾行驶了 35 公里，把我们送到芽庄市郊海滨度假村一条巷子里一家不大的家庭旅馆入住。

根据越南行政区划，全国有 58 个省、5 个直辖市，芽庄是庆和省省会。书中记载：“芽庄”一名源于占婆语的“YaKram”，意为“竹林河流”。整个市区东面是一片长 10 多里的月牙形银白色海滩，海湾海水湛蓝，海风轻拂宜人，蒙蒙的绿色海岛清晰可见，这里被称为“海滨度假胜地”名副其实。

越南货币单位为盾，国际货币符号为 VND。越南盾是世界上币值最低的货币之一，目前芽庄市面上流行的越南盾有 1000、2000、5000、10000、20000、50000、100000、200000、500000 九种面值的纸币和 200、500、1000、2000、5000 五种面值的硬币。

几天的旅游中，无论是坐在椰子树荫下吸吮清凉甘甜的椰子汁，扑进清澈的海水里游泳、在露天花洒下冲凉，还是走进偌大的自助餐厅品尝越味海鲜佳肴，洗泡温暖细腻柔滑含有矿物颗粒的泥浆浴，一窥遥远时空里的占婆王朝的模糊风貌，等等，都是十分惬意和快乐的。感慨颇多，尽在此诗之中。

芽庄游记

恬静内敛市沿海，水蓝风柔①沙粒白。

市区不大常年绿②，车稀房瘦③道路窄。

---

① 柔：柔和。据说，芽庄最著名的“特产”就是海风，这里的海风温和地轻拂，里面含有丰富的碘和溴，能促进人体血液循环，从而使人心旷神怡、精神焕发。

② 绿：意思是芽庄这个城市很干净，路边种植的热带植物碧绿常青，街巷整齐干净，很是宜人。

③ 房瘦：瘦，意思是窄长、细高。据说，越南有四瘦：国瘦、路瘦、人瘦和房瘦。越南国土面积约为 33 万平方公里，地形狭长，南北长 1600 公里，东西狭窄，最窄处只有 50 公里，因而曰“国瘦”；越南的公路无论是国道还是地方公路，路面都很窄，故而曰“路瘦”；越南人普遍瘦小，据说这是长期喝冷水造成的；不论是在城市还是乡村，越南居民建房占地多是两间地皮，两间宽的地皮无论多长都盖得满满的，有楼房，有起脊房，也有搭建的钢构棚式房，高矮不一，有简有华，楼房两层、三层、四层，甚至五层高的也为数不少，无论是楼房还是平房，都显得狭长，所以越南居民房曰“瘦”。

芽岛秀丽林原始，岛岛景致各有别。
驾摩托艇牵白浪，乘滑翔伞览山野。
游船垂钓寻乐趣，海底潜水优哉哉。
偶见精灵海上现，几鱼出水飞起来。
芽土富含碘与溴，沐泥浆浴①享自在。
南越崇宗亦信佛，诸神一片天共戴。
祈求天衣女庇佑，供神古塔长满苔。
雄伟教堂落土岗，教徒跪对佛尊拜。
沉香乳胶②越产品，游客旅此争相买。
不产玉石玉品精，越南国门也已开。

（九）宜昌游

宜昌，古称夷陵，因“水至此而夷，山至此而陵”而得名，是楚文化的发祥地、三国古战场。“宜昌”之名始于东晋。宜昌城依江而建，位于长江上、中游分界处，风光旖旎，水碧山秀，历史悠久，文化丰厚，历史古迹和风景名胜众多。作为进入中国西部的重要入口和中国西部大开发的东大门，改革开放后葛洲坝、三峡大坝等国家重要战略设施的兴建，给这里带来了旅游业的繁荣和城市的飞速发展。宜昌被誉为“世界水电之都”，作为中国新兴工业城

① 泥浆浴：越南旅游业打造的一个重要旅游项目。据说，芽庄泥浆浴的泥土里面含有丰富的碘和溴，能促进人体血液循环，使人皮肤白皙滑润，是传说中的美容圣品，并有舒缓、修护身体的作用。

② 沉香乳胶：指沉香制品和乳胶制品。越南的沉香制品和乳胶家庭用品处于世界领先地位。

市和优秀旅游城市，它一跃成为湖北省域副中心城市、中国中部交通枢纽。

前年4月，我和夫人随团到宜昌旅游。一路上导游不停地介绍宜昌的丽山秀水、绝壁天险、胜迹奇观，使我对宜昌名胜风景的向往更加强烈。一到宜昌，我们就被横卧在长江畔的滨江公园所吸引，迅速跑进公园游览，一路的颠簸疲劳竟被甩到了脑后。这是一座依山傍水的开放式公园，下为青石雕龙须弥座的镇江阁，气势雄伟，威震长江。掩映在丛林中的屈原汉白玉雕像面对大江，皓首苍颜，忧国忧民，正气凛然。狭长的滨江公园绿树成荫，花团锦簇，园道犹如彩带蜿蜒林间，其景如画，与江面互为对景，令人心旷神怡，流连忘返。

翌日一早，我们驱车从住地出发，沿江一路西驰，来到西陵峡口景区。导游说，西陵峡口位于长江三峡出（入）口，是一处集自然风景、人文景观和巴楚文化于一体的国家AAAAA级风景名胜。这里风景令人心旷神怡。入峡水上观光，沿途观览了峭崖绝壁、崇山峻岭、重重花木、巴人悬棺，使我欣赏到长江三峡雄浑绚丽的景象。下牢溪览胜，两岸古藤垂落、岭峰千奇百怪、碧水清澈见底、景致幽静动人，使我领略了祖国的美好江山风光。三游洞位于西陵峡口的西陵山上，闻名遐迩，前临下牢溪，背靠南津关，历史悠久，洞里众多的古代碑文石刻使我受益匪浅。白马洞与三游洞隔下牢溪相望，从洞口登舟，在摇晃中探奇，华灯映水，画舫凌波，下船上岸，踏着湿滑的石道，两边的石笋、钟乳石千奇百怪，2000余米长的洞道时而使我弓背上爬，时而使我俯首下阶，洞里的巨幅石雕和“白马匿踪”“琼阁仙音”“观音显圣”等幽奇景观使我恍若梦中神游，大饱眼福。嫘祖庙是新迁于宜昌市区、坐落在长江岸边的一座纪念中华民族之母的建筑。一踏进馆前广场，首先映入眼帘的是嫘祖和黄帝塑像：黄帝头戴皇冠，平目远视，预示着浩荡的洪恩堪比宇宙；嫘祖手持蚕茧，为人类谋生计，绩贯乾坤。拾阶而上，双亭榭式碑廊敞开胸襟，铭石碑刻讲述着千古历史。

第三天游览三峡大坝。三峡大坝景观是我们此次旅游观光的重点。在去大坝景区的路上，心随车辆飞奔起伏，十几年朝思暮想，今日终将一见。下了大坝景区观览车，乘手扶电梯爬三组台阶，登上 AAAAA 级旅游景区制高点坛子岭，放眼远眺，大坝景观一览无余，巍巍大坝像一条巨轮横卧在长江上，把滚滚的江涛阻隔而止，永久船闸尽收眼底，“高峡出平湖”的壮丽景象使我心潮激荡不已。

几天的旅游，湖北宜昌多姿多彩的风景名胜和震撼世界的伟奇工程以及现代化的城市面貌给我留下了深刻印象。故诌诗一首，以作观感。

游宜昌

越大别山踏荆楚，宜昌山水老来游。
船入三峡穿绝壁，远眺千峰万重树。
滨江镶城似玉带，都市新庙供嫘祖。
观白马洞赏幽美，冲下牢溪享浪趣。
夷陵战息已千秋，张飞仍守入峡口。

山头俯首览平湖，大坝巍巍控江流。
水电城由江捧出，昔时邑自楚筑堡。
古来名胜招远客，今去阔步复兴路。

宜昌游已过去很长时间，那里的山水、绝壁、古木、怪石、奇洞和雄伟的三峡大坝、葛洲坝轮渡过闸时使人惊心动魄的场景，还时时在梦境中给我美而奇的享受。

梦江南·思宜昌（六首）

（一）

宜昌美，
公园卧江堤。
十里玉栏导江流，
两边道树映城翠。
迎客敞心扉。

（二）

宜昌古，
城邑始春秋。
傍水依山三千年，
引襄荆岳控巴蜀。
分江上中游。

（三）

忆宜昌，
江上艇徜徉。
霓虹雕楼塔百千，
客货轮渡穿梭忙。
江城夜更亮。

（四）

翻葛坝，
缓驶坝闸舱。
闭门泄水江涛滚，
水涨船升二十丈。
出坝入峡航。

（五）

峡中行，
绝壁耸万仞。
草木苍翠花烂漫，
绘出江山楚国春。
美景醉来人。

（六）

望大坝，
平湖淹高峡。

千古狂澜今可驾，
五级闸阶巨轮爬。
发电日亿瓦。

六、打造愉悦家庭

家是以婚姻和血缘关系为基础的社会单位，包括父母、子女和其他共同生活的亲属在内。对家的理解，不同的人有不同的看法，同一人在不同时期也有不同的见解。哲学家说："家是男女两性矛盾的对立统一结合体。"历史学家说："家是母系社会的产物。"戏剧学家说："家是一出生活中的话剧。"法学家说："家是一般以合法渠道获得营业执照的生活股份公司。"物理学家说："家是一个由多人构成的体系。"数学家说："家是几个加数的和，即家=成员+爱心+诚心+孝心+理解。"文学家则说："家是儿时的无忧、青春的萌动、中年的奋斗、晚年的归宿。"

我在孩童时期，觉着家是母亲柔软的手和父亲宽阔的肩膀，是既让我高飞又用一根线牵扯我的风筝。第一次婚姻是青年时期，那时觉着家是甜蜜的吻、热烈的拥抱、柔情似水的情话和思念时的电话。情缘再续时已进入中年，既有伤痕累累的不幸，又有克服困难后的喜悦，这时觉着家能停泊万吨巨轮也能栖息独木小舟，是无私的付出与接纳，是脱去疲劳的热水澡，是香甜的苹果。退了休后，又体会到，家是黄昏湖边的搀扶，是灯下互相剪去丝丝白发的安逸、温馨。

无论在人生历程的哪一阶段，轻松愉悦的家庭氛围都是促进家庭和谐、保持家庭成员身心健康的关键所在。家庭幸福直接决定着人生幸福，一个温馨家庭可以给全家人带来温暖，带来快乐，带来健康，带来智慧，带来前进动力，特别是能为孩子更快乐、更好地成长提供良好环境。履职时，只有在良好的家庭氛围下，我才能工作安心，才能把主要精力投入工作之中，发挥聪明才智，完成工作任务，做出优异成绩；退了休后，只有良好的家庭氛围，才能使我有心情早起锻炼，有兴致读书写作，有心思结朋交友，有兴趣到国内外旅游。

二十四年前的情缘再续使我的家又得以圆满，使我的后半生得以幸福。然而，情缘再续的我们家起初充满着矛盾，并不一帆风顺。有家产不均的矛盾：我那几年里南跑北奔，求医寻药，大人们整日奔波在外，孩子交由姥姥看管，家不像家，住的是学校公房，也没有什么像样的家私，人走了，房子也就没了，还欠了一些债；李慧玲不但在县建行有一套房改房，而且还有自己购置的一套单门独院的二层楼房，沙发等家具一应俱全。有收入差距的矛盾：我们都是工薪阶层，靠工资养家糊口，我在县纪委工作，李慧玲在县建行是中层管理人员，那时银行工作人员除基本工资比同等政府机关人员要高很多之外，还有很丰厚的奖金、福利，县直机关工作人员就是那些基本工资，当时我们俩收入悬殊。有家庭背景的矛盾：我的父母都是农民，生活在贫困线上，经常需要我们给钱给物；她父母都是县机关干部，工资都很高，不但不需要我们的帮助，有时碰到事情还要支持我们。有生活习惯的矛盾：慧玲和波波爱干净，屋里屋外每天都要打扫，东西摆放得有条不紊，整天窗明几净；我和晶晶生活上有些随便，有乱拿乱放的陋习，家庭卫生讲究不够，条理性较差，也由此时常产生意见。还有性格差异方面的矛盾、原家庭成员影响的矛盾等等。

这些矛盾的存在，使得我们不可避免地经常产生一些分歧，再加上李慧玲的一些同学朋友在她跟前说三道四，什么“现在住的用的都是你的，应该都是男的才对”，什么“你的房子、你的家具都是婚前财产，到什么时候都是你自己的”，什么“日常生活和添置家用物品实行 AA 制”，等等，这些闲言碎语无形中就给慧玲添了一些堵。然而还好，慧玲毕竟出身于干部家庭，从小所受的家庭教育造就了她正直的人格，使她具有“既然是一家人，就应当以一家人来待”的思想境界和高尚品质，虽然心里有些情绪，但拌过嘴之后，能解决的问题就解决了，不能解决的问题保留意见，始终公正无私、光明磊落，从不计较、不记仇，不使暗劲。事后，对家庭一切事务，对家庭里的每一个成员，该怎么承担还怎么承担，该怎么对待还怎么对待，一如既往。

再婚关系，其实是两个家族的关系，不仅仅要经营自己的婚姻，还要经营双方的孩子、父母关系。我们结合时，两个孩子都十三四岁，正在读初二。我们全身心地投入家的打造之中，虽然工作都很忙，但一天三餐都让孩子吃得按时、可口，从未出现过孩子上学吃不上饭在街上胡乱买着吃的现象。晚上一般我们都不出去，在家陪孩子学习，辅导孩子做作业，星期天就带两个孩子出去走走，使她们放松。在家庭生活和对两个孩子的照料中，慧玲所付出的比我多。全家人衣服洗换添置，被褥拆洗晒套都是她做；家里的一日三餐，无论是烧煤炉还是用煤气的时候，大都是慧玲来烧做，她烧的饭菜总受全家人欢迎，我不大会做，做得极少；我外出办案或者学习培训，一连十多天甚至二十多天，也都是慧玲照顾着家，照管着两个孩子。

我们在家里，不管是在日常生活还是其他方面，时时处处让孩子们体验到公平无私、一视同仁，父爱母爱无所不在。平时，我们关注她们的感受，在生活上不溺爱，锻炼她们思考问题和独立生活能力，使她们养成勤俭和独立的品格，教她们坦诚做人、真心对人、严谨做事，树立远大理想，做对社会有用的人。

我们十分重视对孩子们的道德品质和生活、学习习惯的培养，我们作为她们近距离接触的“老师”，非常注重榜样的力量。为了使两个孩子能更加健康快乐地成长，我和慧玲一方面努力提高自身素质和品位，另一方面做到生活俭朴，精打细算，用之有度，为孩子做出榜样。父母的一举一动，是孩子的榜样。对孩子理解、关心和包容，得到的是她们的信任。波波有事或者有什么需要的时候能主动与我讲，晶晶有心里话常常是与没有血缘关系的母亲沟通。也许这就是因为大人给孩子的信任感。而这种感情培养是要用公平之心去公平付出的，同时要用公平标准衡量公平效果，真正做到视如己出。

和睦的家庭为孩子更好地成长提供了良好环境。两个孩子也都以优异成绩大学毕业，走上了工作岗位，建立了自己的家庭，拥有各自的事业。

我和李慧玲也都退休，过着自由自在的生活，我们更有时间、精力投入家的建设上，把家打造得更加和谐愉悦，使晚年生活幸福美满。古人讲：“修身，齐家，治国，平天下。”认为人的第一要务，就是要把家建设好。一位从事婚姻家庭问题研究的专家有一段很精彩的话：“人的一生中，没有任何成功能够弥补婚姻家庭的失败，也没有任何成功能够代替婚姻家庭的成功。因为，事业的辉煌成功不过是一阵子，而婚姻家庭的幸福却是一辈子。”这话说得很对。退休后主要在家里转，除睡觉、吃饭外，读书、写作、会友也都是在家里，把家建设好对于晚年生活至关重要。家庭氛围好，使人心情愉悦，身心状态佳，就少有疾病，就有精力、心思发挥余热，就能多做些有益于社会的事情。我对我们的家很满意。我们的家庭很幸福。住所居于市区环境优雅、交通便利地段，一百多平方米的居室整日窗明几净，不多的普通家居摆放得整洁有序；每人三四千元退休金，虽然不多，也够我们日常生活所需，一日三餐饭菜可口有味，荤素搭配科学得当。只有在这样的环境里，我才有精力早起锻炼，有条件交友，有心情读书，有意境写作。我们都还在为这个家不断地添柴加薪，使幸福的火焰燃烧得更旺。

家之咏

情缘得相续，悠悠四六秋①。
一路风雨来，程程有丰收。
爱曜前行路，日滋如美酒。
过错缺点失，利名置脑后。
再续家四丁，二女正初中。
互助同伴行，来回相照应。
妻职②县建行，常常下基层。
我在县纪委，惩贪正党风。
日夜忙不休，家国两相顾。
进家如临战，刷洗切开炉。
责任勇担当，双双欣付出。
福若及时雨，肯③降家和睦。
妻女讲卫生，进家就打理。
整日室洁净，家爽沁心脾。
两女一视同，公平不偏倚。
女小有智慧，处同胞姊妹。
女有好品行，父母树榜样。
一起走不易，爱情久弥香。
相尊互信任，凡事同商量。

---

① 四六秋：24 年。
② 职：担任一定职务时所在的位置。
③ 肯：易于，经常。

共扬人生帜，俺每①心欢畅。

赠内

牵手做夫妻，三生有缘分。
岂有定情物？空手只有人。
多年南北奔，人穷家境贫。
吾窘君不嫌，能容心相印。
抚女度人生，愉悦携手行。
相伴互恩爱，快直韫柔情。
俩皆公职员，烧饭尔自担。
荤素巧搭配，营养亦香甜。
汝视两女共②，带澡买需用。
鞋衣读所需，一买两份同。
婚来家国忙，二女各飞翔。
日丰人渐老，青丝染秋霜。
苍颜两相怜③，共话人生叹。
无限烟云过，偕老度残年。

偶然作

二十四年两手牵，共苦同甘九千天。
相濡以沫偕到老，一起走尽人世间。

---

① 俺每：俺们。
② 共：相同的。
③ 怜：爱。

生命的年轮不停地旋转，似水流年的岁月不知不觉把我带进了垂暮之年。不经意间我突然发现，人生短暂，老天留给自己的时间已经不多。然而，不能因为人生到站就消极悲观，这是人生的必然规律，最好的应对就是在不多的时间里过得快乐，过得充实，过得有意义，活得有尊严、有光环。

晚年欢度

生于穷壤早岁艰，高考使得读梦圆。
投锄从学以深造，毕业从师执教鞭。
中年尽忧柴米盐，家生重病至日难。
秋苦春勤薪不百，入不敷出月月干。
心思尽日寻医费，投友奔亲索药钱。
富贵荣华总虚幻，功名利禄皆云烟。
如今子女有家业，颐养无忧无负担。
畅意人生从今始，读诗品茶晨锻炼。
旅游名胜国内外，安享犹思著书卷。
虽老犹传正能量，莫使余晖叹枉然。

2012年春节刚过，我和爱人李慧玲去女儿家，晚饭后围桌闲聊，哄外孙女彤彤玩耍。不知什么时候，外孙女悄悄穿上慧玲脱下的上装，就像把古戏里的长袍裹在身上。两周岁多的孩子甩袖挪步，兴致勃勃，边唱边舞，引逗得大家哄堂大笑。虽难以听懂她胡诌的词曲，但看得出此时外孙女的兴奋之情，大家都专心致志地观赏了这场难得的童声稚姿表演。下面这首小诗记述了当时的情景。

听外孙女小彤彤吟

长襟广袖姥姥装，自编自演客堂上。

童声稚姿喉圆浑，一曲逗得众合仰。

西江月·庆外孙女四岁生日

鲜花欢声佳宴，庆祝彤彤华诞。大家齐唱生日歌，亲人同心祝愿。

一祝更加秀丽，二祝身体康健。三祝学业佳绩传，切切勤奋登攀。

庆祝外孙女五岁生日

欣赴外孙生日宴，更喜彤儿身心健。

知识年增大跨越，会算能舞背诗篇。

奶声奶气大人言，文雅秀丽使人羡。

深望人才双优秀，从今勤学力登攀。

2019 年年初八与慧玲上合肥

年离刚满周，翁媪上庐州。

阴雾笼寒春，雨风涌车流。

远村时隐现，雨洗麦青秀。

四时五百里，为孙作业辅。

第五章　感念亲人

亲人驾鹤去天国，往事历历恍若昨。

笑貌音容依然在，几字诗文以凭吊。

我来到世上，第一个笑脸相迎的是父母；我咿呀学话，一字一句教我的是父母；我蹒跚学步，牵扶着一步一个脚印慢慢前进的是父母；当我摔了跤，失落受挫时，暖语温言鼓励的是父母；当我取得优异成绩时，警醒我不要骄傲，要我继续努力的是父母；当我遇到困难时，能倾注所有一切来帮助我的是父母；当我受到委屈时，能耐心倾听哭诉的是父母；当我取得成功时，会衷心为我庆祝与我分享喜悦的是父母；在我远离家乡学习、工作、生活时，依然牵挂着我和我家的人还是我的父母。父母是我心中安全、坚实而温暖的靠山，累了的时候，在上面躺一躺，就会让我精神百倍；父母是我心中辽阔海洋的彼岸，在岸的那头尽日等候儿子的归来；父母是我心中的太阳，那耀眼的光芒驱走了我心中的阴影，使我坚强，健康向上。

“百年修得同船渡，千年修得共枕眠。”妻子是我人生道路上的伴侣。在离开养育我的父母之后，我走入了婚姻殿堂，与妻子一起生活，相互支撑着、伴随着一起进入人生的新阶段。有了她，我的人生才得以圆满。

父亲、母亲、妻子是我一生最敬重最亲爱的人。我时时思念、感恩他们，无论什么时候，我都忘不了他们对我的恩德。

一、祭亡亲

前些年，我妻贾广英和我父亲、母亲先后离世，使我无比悲痛。父母在艰难困苦的岁月里，累死累活省吃俭用把我们兄妹七人抚育长大，并给了我们读书学习的机会，教会我们做人做事。妻子与我结合后，使我进入新的人生历程，弹奏着锅碗瓢盆进行曲，在经历着坎坎坷坷的同时，享受着天伦之乐的快慰。他们没过上几天幸福生活。在他们晚年或病重期间，我也未能很好地陪伴、照顾他们，我的心中常有愧疚。特别是退休之后，更怀念他们，怀念他们对我的恩德。我常常在睡梦中与他们对话，被他们慈祥的面容和温言暖语的关怀所惊醒。

清明祭

清明节至雾沉沉，草挂雨珠麦深深。
百里归叩矮冢下，添坟焚纸表孝心。
养儿育女倍艰辛，父母恩情似海深。
老人在时多陪伴，胜于殁后祭哭坟。

悼亡人

坐到三更尽，星疏月落西。
风声吹残叶，十载梦萦回。
初见还腼腆，笑迎远骑归。
节假探父母，带女度星期。
病魔一缠身，家人常分离。
求医跑南北，索药奔东西。
朦胧闻远鸡，回望女含悲。
强止心头泪，今朝烧五七①。

1982年，是我人生历程中极不寻常的一年。我和女友贾广英经过半年多的接触了解，在这年春节走到了一起，结为伉俪。这年暑期她得了肌瘤，住院医疗。一年里，两方家庭都对我们的生活关怀备至。我们也很想念父亲母亲。

新婚中秋思父母

多年盼儿结鸾俦，迎亲不眠酬亲友。
为子操劳不知累，别时含泪送村头。
不觉婚后中秋至，窗前望月思离后。
唏嘘相望不相闻，白发应念儿两口。

① 烧五七：烧五七纸，是对逝去亲人的祭奠。亲人从去世当天算起，7天为一七，去世35天为五七，为地方习俗。

雨

黄昏云滚天突亮，只因细雨纷纷扬。
不知何时天上落，予吾忆昔好时光。
倾听雨点声簌簌，忆起父母前拜堂。
百花丛里一玫瑰，万点红中独奇放。
雨蒙玻璃窗昏暗，妹妹与我叙家常。
蔓上葡萄时隐现，涟涟雾雨天发黄。
朦胧父母仿佛至，绿豆花生肩上扛。
千言叮咛万嘱咐，醒来音仍在回响。

二、怀念父亲

我父亲叫周丙兰，生于 1931 年，务农一生，自中华人民共和国成立之初就是生产队的文书、会计，一直当到村子里实行家庭联产承包责任制生产队解体。为了我们的家，父亲经年累月辛勤劳苦，从不为自己打算。

2009 年，父亲走到了他生命的尽头，走完了他七十八年的人生历程，他带着对世间无限的眷恋，带着对全家人无限的挂牵，给我们留下颇多的遗憾，离开了人世。这一天是 12 月 6 日，农历十月二十，星期日。

我知道父亲走了，无声无息地走了，什么也没有留下就走了。在与父亲作最后告别的时刻，我的脑袋嗡嗡作响，眼前父亲的形象是那么模糊不清，一切都在明确地告诉我，父亲已离开我们了——

祭　父

乍闻父殒噩耗电，泣血悲切泪如泉。
人瘦声哑仿佛至，满面慈爱嘱温言。
教吾受挫莫气馁，风雨坎坷志必坚。
成功失败心不躁，勤奋刻苦戒自满。
更夜罚我读诗书，把手教我拨珠算。
病体蹒跚奔城来，问儿近来家可安。
追昔抚今心亏欠，灵前落珠泪湿衫。
悔恨生前陪伴少，父应晚年非终年。

父亲酷爱学习，很短的私塾生涯，使他识了字，会了算，能读书看报，珠算记账，成为村子里的“文化人”。读书使父亲及受其熏陶的家庭，懂得了文化的力量，明白了教育的重要。父亲重视对我们培养教育。我们一到入学年龄，他就赶紧把我们送入学校读书。生活再艰难，家庭负担再重，他也不让我们缺课、耽搁学习，把我们读书学习看作家中的重中之重，高于家庭的一切。

父亲在担任生产队的文书、会计期间，重视村里的文化娱乐活动。一年春节，父亲不知从哪儿弄来放声机，搬到生产队公屋，还在公屋上安装了两个大喇叭。一连几天，播放歌曲、梆剧、柳戏、泗州戏唱片，村里男女老幼围坐一片，对着高音喇叭听着、乐着、谈论着，还有的跟着轻声哼哼着。在那个没有电影、电视、曲艺的年节，播放唱片也给村里人带来了无穷的欢乐，使他们享有了文化乐趣，品尝了精神食粮。这样的行举，在那时的农村，为数不多。

父亲一生干干净净做事，清清白白做人。他在村子里担任集体组织会计二三十年，无论是在几十人的合作社，还是后来在合并而成的三百余人的生产队，他从未占过公家一分钱。无论在“三反”“四清”，还是在“文化大革命”等运动中，他从没有因贪占集体财务问题而被检举查处过。

父亲尊老敬长，在村子里是出了名的孝子。我清楚地记得，我小的时候，跟着爷爷睡觉，每天晚上，父亲睡前都要到爷爷床前问安，夜里一听到爷爷房间有什么动静，就赶快起来到爷爷房间看看。一日三餐都是父亲或父亲叫我们先把饭菜送到爷爷跟前，爷爷吃了我们才能动筷。每年春节将至，父亲都用板车拉着爷爷到集市上观看街景，叫爷爷在集镇上下顿饭馆。年初一一大早，父亲母亲就早早起床，叫醒我们，第一件事就是领着我们给爷爷磕头拜年。

父亲一生勤劳。早年为了我们的衣食，没日没夜地劳作。整日不是处理队务，就是参加生产劳动，挣分分红。一有闲暇，就到自留地忙活。父亲爱家，热爱生活，为了我们的衣食，备受重负，艰难耕耘了一生。

我父亲离世，不但使家人和亲朋悲痛万分，而且感动了上天。父亲去世的那几天天天都在下雨，一直下到我们把父亲的丧事办了，奔丧圆了坟回到家，这好像是上天对我父亲——这样一位好人——的离世表达的哀悼。我们在大哥家院门东旁给父亲搭起了灵棚。三四天里，一家人为父亲日夜守灵。夜深人静，望着正在燃烧的纸钱，好像又回到了和父亲欢乐的年代，父亲那高大的身躯在我脑海里又一次闪现。

俺大是常人

俺大是常人，难说多英俊。
身高背稍驼，人瘦骨嶙峋。
常着中山装，补丁色相近。
私塾读数月，也算文化人。
庄里文盲多，数他学问深。
自学珠算术，账目掐得准。
推他当会计，亲邻都放心。

俺大是常人，十分重人品。
宁愿多吃亏，舍己为别人。
会计三十年，账未差毫分。
心正无私念，不贪半分文。
吾家茅屋小，常年聚满人。
东家念亲友，请大写家信。
西家不和睦，求大解矛盾。
更有不孝子，拉大去教训。
每年写春联，吾家挤破门。
笔墨早备好，联语称人心。

过年村无戏，大知父老闷。
百里跑单骑，他乡借录音。
喇叭唱大戏，乐傻全庄人。

俺大是常人，但知学为本。
少年释儒教，青年读经纶。
壮年常看报，老年听新闻。
虽无大学问，略知大方针。
眼前大小事，政策把握准。
乡亲有困惑，多找他咨询。
分地大包干，上头啥精神？
家庭搞养殖，可要经批准？
外出去打工，谁开介绍信？
每户宅基地，到底是几分？
大不厌其烦，解释贼认真。
我家小茅屋，天天挤满人。
无事来聊天，回家觉安稳。

俺大平常人，也有大胸襟。
困难压不垮，荣辱能隐忍。
家贫视野宽，肚里走乾坤。
教子苦耕读，胸怀报国恩。
能吃人间亏，宽于待别人。
“文革”怪事多，升学看成分。
中农往后排，吾未过政审。

无缘读高中，懊恼心俱焚。
大骂我无志，不是大男人。
挫折是老师，烈火见真金！
吾敬大心宽，丧气转精神。
苦读又一年，考入高中门。
凝眸回首看，更觉大坚韧。

俺大平常人，敬老有孝心。
奶奶去世早，爷爷是至亲。
晚年患痨疾，父亲总担心。
三餐端床前，早晚涮便盆。
冬夜天寒冷，起床常询问。
只要爷健在，大不出远门。
拉爷逛街市，为爷解烦闷。
买来新美味，请爷先评品。
除夕天未亮，大领全家人。
跪在爷床前，叩首拜贤尊。
爷爷驾鹤去，守灵至眩晕。
孝是传家宝，孝是民族魂。
大留好家风，自有传承人。

俺大平常人，胸襟怀爱心。
吾家人口多，早年特贫困。
大为儿远谋，子女送校门。
家里劳力少，全靠父母亲。

积劳母成疾，只有大一人。
全家千斤担，压在大一身。
地里一身土，家里汗湿襟。
抽空跑医院，为娘查病因。
三餐勤调剂，种菜养畜禽。
壮年累弯腰，不让儿分心。
励学立大志，学业需勤奋。
吃得人间苦，方成有用人。
回望我成长，皆由爱滋润。

大是平常人，平常见精神。
大是平常人，平常是真金。

清明又至

风拂翠柳正清明，偕妻带女踏春行。
父亲坟头添新土，纸烛鸣炮伴哭声。
祭扫寸表子孝心，未见高堂显过灵。
长眠老人哪知孝？可叹乡愁谁解情！

三、想念母亲

母亲没上过学，不识字，连个名字也没有。我听过有人喊她“小丁”，也有人喊她“老丁”，还有人喊我父亲的名字后带“家”字，她也理会、答应。舅舅、妗子及舅舅庄上的人则叫她“周家”，而她在人口信息资料登记姓名栏里填的却是“周丁氏”。

母亲的娘家在周大庄以西三里多路的丁家村，祖祖辈辈是贫苦农民。母亲来到周家之初，家里很不安宁。二伯父、三伯父整天舞枪弄棒，一些不明真相的“朋友”经常出入家里，折腾得全家不得安生。随后他俩相继被镇压，全家人连遭连累，昼夜提心吊胆、担惊受怕，也使得贫苦家庭出身的母亲缠上了“家庭问题”这一锁链。她哪里知道，她和她的子女们得在这一问题上付出沉痛代价？尽管如此，她还得支撑起有老（爷爷）有小（我大哥已出生），还有个不能说话且有智力障碍的小姑子的家。

我记事时，我家八口人，八口人的家庭不是太大，也不算小，四个孩子的年龄都是一位数，其中我大妹还在哺乳。那时，村子里已成立了初级农业合作社，父亲当上了合作社的文书、会计，大部分时间奔忙于合作社的事务，很少过问家庭。除正常参加集体劳作之外，母亲还都操劳全家的晒湿收干、磨面做饭、缝补拆换。虽有个哑巴姑，但她有智力障碍，我父亲、母亲不叫她独自做什么事情，在家里她只能给母亲做做帮手。

母亲为了我们操劳一生。母亲刚强，凡事自己扛，不求人。靠着能干，使得一大家人穿用的缝补浆洗、食餐的磨面烧做得以持续；凭着智慧，通过节俭和采摘树叶野菜等来增加食物，帮助口粮严重短缺的大家庭得以生存；在吃穿困难的情况下，竟能够把适龄的几个孩子全都送进了学校。三伏天里，她冒着酷暑，顶着烈日，在地里家里不分昼夜地劳作，数次中暑昏了过去，一苏醒过来，就拖着虚弱疲惫的身体忙活开来。一到严冬，寒风就把她那不失闲的手吹得红萝卜似的开裂，露出鲜红的肉来。母亲的胸怀是博大的，目标是远大的，付出是伟大的。我永远忘不了母亲在烈日下劳作，中暑昏倒在地，全家人围在母亲身旁泪眼汪汪哭哭啼啼，盼望着母亲醒来的情景，我永远忘不掉母亲那两只布满老茧且鲜红、开裂的手。

我母亲虽然是一位平凡质朴的农村妇女，却是我情感世界的领路人。每次母亲只要知道或者预感我要回家，很早就在村口张望等候；每次我离开家，母亲都送到村头，我上车走了很远，回头看到母亲还在那儿张望目送，直至车子消失在原野里。我从记事时就看到她整日忙忙叨叨的，到菜园里置菜、做饭，等到饭一好，她又不停地忙着收拾柴灶，等我们狼吞虎咽饱餐之后，她才摸饭碗，吃点残羹剩饭。一想到这里，我更不由得从内心深处尊敬母亲、思念母亲。

我母亲是一位普通妇女，裹过脚，一生务农。但我母亲和我父亲一样对于我是那么重要。已经很长时间了，虽然再不用为她的病、她的身体而提心吊胆了，可我每次再回到周大庄，再也没有人迎到村口，温言暖语亲切地叨叨："贺儿来了？贺儿来了？"我每次再从周大庄走出，返回濉溪，再没有人叮咛这叮咛那。我有了好吃的好喝的也不知该送给谁去。父母在世，家乡是我的老家；父母没了，家乡就只能叫作故乡了。

念母恩

先慈鹤驾有八年，儿女情思魂相牵。
梦中仿佛娘犹在，举目娘声已消远。
吾娘此生命中苦，终年未能享清闲。
少年寒门无书读，家人姓名认不全。
娘入周家无两样，春夏单衣秋絮棉。
德厚家和人丁旺，天赐二女与五男。
群燕待哺催人动，娘拿黑天作白天。
队里家里两相顾，早晚再种四分园。
偶遇灾年炊无粮，娘挖野菜摘榆钱。
夏夜娘为儿摇扇，冬晚耳闻娘纺棉。
年少不知娘心累，食不俭口旧不穿。
饭锅围得风不透，娘待儿饱拾剩餐。
虽说家贫无新衣，儿穿破衫娘心酸。
缝补浆洗不停手，老少四季有衣换。
娘虽无学不识丁，但知文化立身远。
七子前后入学门，早送晚接村外边。
教子勤学莫轻浮，脚踏实地生路宽。
若见儿女行不正，厉声教诲不护短。
高中落选我丧气，娘教儿做有志男。
二哥参军未如愿，娘闭门户哭一天。
长兄置地建新房，娘忙数天未合眼。
雷雨风霜娘不惧，劳苦饥渴能承担。
积疾终患肺痨病，数次晕倒地里边。

醒后直说无大碍，宁死不肯上医院。
娘的心思儿知晓，怕花钱财添负担。
为儿消得人清瘦，通宵咳喘缩一团。
娘为儿死娘心安，儿为娘哭儿亏欠。
后悔娘在尽孝少，未能多陪娘几天。
有娘有家有温暖，无娘有家心亦寒。
又是一年清明祭，偕妻带女跪坟前。
泪如落珠不自禁，误作晴天是阴天。
一把火纸灰纷飞，儿当阴间娘收钱。
愿娘天际心自慰，儿孙满堂皆安全。
劝娘阴间莫牵挂，国强家富天地宽。

清　明

春风推云见天晴，故乡花草扮清明。
桃李粉黛迎客笑，路边杂棵随意生。
踏泥跪地三叩首，红燕飞落泥淖中。
遥念高堂西归去，磕头烧纸祭英灵。

四、缅怀先妻

到今年 11 月 3 日，我爱人贾广英去世就 25 周年了。是可恶的肿瘤夺去了她年轻的生命。她父母两亲家里都没有过得癌病的历史，偏偏肿瘤就跑到了她的身上，而且一发现就很严重。我们与疾病拼搏了三年，病魔最终还是吞噬了她的英灵。广英的一生，十分短暂。然而，她短暂的一生，很有意义，大放光彩，对于我又是那么重要、珍贵。她使我第一次有了自己的家，享受到小家庭的温暖，并给了我十几年的幸福家庭的温馨；她对我家和我的家人的亲切关怀和无私奉献，使我和我的家人终生难忘；她工作的敬业精神，平易近人、与人为善、助人为乐的品格，使她的同事以及与她共过事的人永远怀念。她在短暂一生中获得的成就和殊荣，永远被记录在历史的光荣簿里。二十五年前的光景还鲜明地出现在我的眼前。

祭先妻

先妻贾广英，贤淑心善良。
出自书香第，言行守纲常。
谦和为人好，温良恭俭让。
从师身为范，品识人赞扬。
邻朋忧喜事，她全放心上。
宁可己吃亏，不图有报偿。
娘家姊弟六，五小她居长。
分担父母忧，心系弟妹上。
早晚辅学业，薪来给买装。
口众家务繁，事事勇担当。
做媒师牵线，我俩处对象。
不厌家贫匮，不嫌寨僻壤。
我见人品好，质朴行端庄。
两心已相印，婚事即商量。

提及彩礼事，全被她否光。
婚礼很简朴，堂前拜爹娘。
婚后返滩溪，亲友邻簇拥。
兄妹提箱包，父母千叮咛。
惜别情依依，挥手辞家行。
桥上回头望，双亲还目送。
归来支起灶，建立小家庭。
妻不厨出身，一手好调烹。
上班分两地，相见乐无穷。
节假探父母，我俩牵手行。
妻怜父母累，进家忙洗缝。
二老身多病，媳妇心里疼。
口渴端茶水，夜晚问暖冷。
乡亲多夸赞，羡我有好命。
遇事与我商，家务她支撑。
执教十年后，我被举为政。
妻在教学上，连年获殊荣。
事业中天月，可悲灾难生。
妻颈时作痛，发作如刀剜。
经查患肌瘤，南北跑医院。
数次放化疗，病魔仍纠缠。
妻痛不呻吟，强作神自然。
情急心无主，也曾拜神仙。
亲友多相助，苦熬一千天。
终因气数尽，撒手离人寰。

吾心痛若焚，哭得天昏暗。
女儿才十三，号啕裂心肝。
今又清明祭，挥泪向青天。
好人有何报？为何寿命短？
阴阳两隔离，父女常挂牵。
难报妻恩重，燃纸作冥钱。
虽知事枉然，犹感心自安。
更念妻品正，祭妻如祭山。
后人续香火，家风万代传。

1982 年春节过后，我和贾广英度蜜月来到南京长江大桥携手游览，滚滚东逝的长江、雄伟壮观的大桥、穿梭如织的车流、湍急水流中行进的船只，令我们心潮澎湃，愉悦欢快。今年 10 月，随团走南京旅游时又来到南京长江大桥，抚今追昔，不禁感慨而吟：

再游南京长江大桥

俯首长江滚滚流，魂牵当年共此游。
蜜月比肩桥上逛，今日扶栏独望舟。

1993 年元宵节过后，我和贾广英离家住进安徽省肿瘤医院，到这年 8 月，我们在医院住了将近 8 个月。七个多月使我们形成规律的医疗生活。上午医疗后上街买菜做饭，晚饭后到淮河岸边散步。中秋节那天，我们欢欢乐乐地吃罢晚饭去淮河岸边散步，一说到将要出院回家，想起了家，顿时我们很压抑无语，谁也说不出话，泪水夺眶而出……

十五步月

淮河岸上树栖鸦，两手紧牵明月下。
闲步细说今疗事，无声冷露湿桂花。
此时小女应南望，对月噙泪念爸妈。
来蚌寻医八月余，秋思不觉落到家。

出院回到家里，广英拖着病体坚持早、晚锻炼，有规律地作息。几个关怀、挂念她的同事没有课时经常来我家陪广英聊天、打牌，讲一些学校的热门话题、奇闻趣事，让她开心。亲友们也经常来关心、安慰，帮助她摆脱烦恼、忧虑、恐惧。一时间，她的心理调节得很好，心情舒畅，食欲增强，食量增加。休养了一段时间，她觉着身上增添了气力，恢复了体力，感到“我好了”，主动买菜做饭，有时还骑自行车上街，我也感到将有奇迹的发生。

过了一段时间，她的一位亲戚从外地来濉溪探亲，非要上相山庙进进香，又不识路，无奈广英就陪同前往。她大病后恢复还不足半年，回来就感觉腿疼，经查是病复发了，癌细胞转移到腿骨上了。

无　题

术后放化疗程完，回家坚持勤锻炼。
谨遵医嘱动静宜，力渐恢复体逐健。
同事陪聊心乐欢，不月买菜能做饭。

哪知山寺行香去，归来腿疼是病犯。

1995年11月3日，我在县医院广英病床前又凝神守候了一个夜晚。凌晨，回家洗漱并准备带点广英能吃的过来。刚一到家，病房里就打来电话，说“广英不行了”。我像疯了一样，拔腿就往医院跑。奔到医院，只见广英喘息急促，不停地捯气儿。我的心随着监护仪上不断闪动的数字揪心地跳动，各种数字均出现异常，血氧骤降。她用捯气儿抵御窒息，坚持着，挣扎着，痛苦万分。我不知怎么是好，就趴到她胸前不停地呼叫：“广英，你醒醒，你睁开眼，睁眼看看我……”广英的眼睛艰难地睁开了，但失去了光泽。可怜的广英似乎在与病魔抗争之后，终于妥协了。我和在场的家人哭声大作。伴着哭声，我们把广英推进了太平间。

感　伤

日夜相陪病榻旁，亲人病痛我心伤。
昏沉踏露门才入，噩耗传来顿疯狂。
可憎东西空求医，所恨南北枉奔忙。
哭喊难挽驾鹤去，此生哪觅返魂香？
夙逝痛违连理愿，捶胸跌脚泪汪汪。
黄泉果有精灵在，地下人间两断肠。

广英去世的第三天，女儿哭着抱着骨灰，在亲邻乡朋的护送下，将她安葬在我家乡庄东的林地，与我小妹的坟墓距离很近。

挽　歌

百里黯黯锁玄云，一家哭送葬东林。
回乡今旦入鬼录，昨在县城同为人。
虽说有生必有死，早终弃我实伤心。
女抱骨灰放声哭，亲友抚吾泣劝慰。
魂气不知散何许，冥钞拿好顾好妹。

我和贾广英1981年结婚，到1995年她离世已有14个年头……

追　悼

结发为夫妇，至别十四载。
日共尝辛苦，双双相恩爱。
尔身化尘去，我鬓已衰白。
不叫女受屈，耳畔语永在。

伤　逝

汝去东林合家送，村头一片号啕声。
初次登门属新婚，下厨惊得围观众。
再次归来突患疾，泥雨送诊去匆匆。
所悲此来只有灰，可惜君去太年轻。

1996年隆冬时节回到家乡。

故乡之夜

圩房院巷一片宁，坑井榆槐默不声。

闭眼灵魂才安睡，黑暗恍至尔笑影。

娇媚皙手抚我额，洁臂柔箍吾脖颈。

柔情甜在美梦里，醒来愁伤罩心灵。

偶然作

聊以垄上溜，一步一回头。

昔日雁翅水①，依然东南流。

两岸旧田亩，产量一翻九。

牵我魂魄者，是那几坟墓。

我和贾广英在城关初中由结婚到生女，由二人生活到三口之家，度过十四年的幸福美满而又坎坷难忍的家庭生活。十四年里有快乐、有温暖，有紧张、有闲暇，有默契、有争吵，有哀叹、有哭泣……曾经的家使我终生难忘。

2008 年初，上城关中心学校为女儿办理调动手续。一踏故地，感慨万千，故作诗一首，以示对昔日的感怀。

踏故地

为女办调到故地，城关初中人事非。

杂乱院房今大厦，校园改作面朝北。

---

① 雁翅水：在我的家乡叫作雁翅沟。

三家村拆印痕在，十多载前情依依。

周末远骑偏晌来，做好饭等暖心扉。

女儿摔倒腕划破，含泪抱骑去急诊。

早晚比肩操场转，讨医归来邻围问。

悲辛共饮偏早去，最是伤心看幼女。

同进同出今只身，遗踪寻吊以告慰。

2016 年，我退休不久，一天，上城关一中欲拜访故邻——已故吴凤章老师——的家人。苦费一番周折才找到昔日的教工住房，校道、校貌、校舍都发生了巨大变化。这家故邻已迁移他处，物是人非，使我骤然联想到我们往日为邻时，他们给予的关心、帮助和那时和睦相处的光景，以及在这里我失去的亲人，不觉泪水夺眶而出，十分伤感。

又踏故地

梦断魂绕二十年，几棵老桐已不见。

当年楼舍出园外，欲觅遗踪寻吊难。

尾　声

有人说：人生中最美好的年华，就是退休之后六十五岁到八十岁这十五年的光阴。这段时间，子女已经有家有业，孙子孙女也已长大，不必再为下一代牺牲闲暇，也不必再为工作操心劳神，时间充裕，可以随心所欲地做自己。这个阶段，激情未老，余力未消，怀揣梦想，可走向更大舞台，继续发光发热。这里我有深刻体会。

身处望七之际，抱着这种精神，昂首上前走去。只要有可能，我一定多做一些对别人有益的事，绝不想成行尸走肉。我知道，未来的路也不会比过去的更笔直、更平坦。但我并不恐惧，我眼前还闪动着野百合和野蔷薇的影子。不管我还能活多少年，我现在走的反正是人生最后一段路程，要抓紧利用自己仅有的时光，发挥余热，辛勤耕耘未竟事业，力争晚年再有建树。

退休之后，有时候也总会碰到一些令人不愉快的事情，写作中某一部分总是写得不理想，读书时有些经典古文读不下去，社会活动中赴宴饮酒时少不了拌嘴争点子，就是两人家庭不多繁杂的事务中，也有不少磕磕碰碰，使自己心里很长时间难以平静。即使在春风得意之中，也会产生一些意想不到的苦恼。

我不时想到，自己活的时间不少了，很多小学初中一起读书的同学，家乡从小一起割草洑水逮知了的玩伴，高中毕业回乡劳动一同犁耕耙拉、抗旱、挖河、割麦子、起红芋、剥苘、砍蜀黍、榨油的伙伴，不少已经离开了人世。就是近两年，时常传来执教期间、纪检监察工作阶段，在同一战壕一同战斗的战友、同僚和朋友不幸去世的噩耗。

六十多年前，在淮北大地穷乡僻壤的周大庄出生了我一个穷小子，时常吃不饱穿不暖，还被“家庭问题”牵扯得连高中都不被推荐。在毫无出头之日的重压下，我没有被压弯、折断。到了二十多岁，丢掉书本已经三年，老天睁了眼，“恢复高考”赐了良机，这一偶然机会使我的命运发生了改变，我走到了宿城，跨进了梦寐以求的高校，接着成为国家工作人员，娶了妻子，在城里安了家。然而，之后的漫长道路并不总是铺着玫瑰花的，有时也荆棘丛生。我经过“家庭变故”、有过看着不比自己强的同事被提职升迁等使我心酸的经历，也经过柳暗花明；走过阳关大道，也走过独木桥。终于曲曲折折、颠颠簸簸、坎坎坷坷走到了今天。我非常珍惜来之不易的幸福生活，对退休后的生活非常满足。

年龄不过是数字，绝不是衰老的根本，态度才是决定生命状态的关键。退了休的同志，一定要拥有积极向上、充满活力的生活方式，改变生活态度。趁着腿脚还算麻利，消化功能还算正常，眼神听力还能凑合，做自己想做的事、爱好的事，去自己喜欢的地方，观美景、享美食、抒美意、交良友，顺其自然地面对每一天。快乐、顺心、有尊严才是人生最后历程的真谛。